ya
文庫

執愛の鎖

立花実咲

イースト・プレス

contents

プロローグ

燭台《しょくだい》の灯《あか》りがふっと消える。月明かりだけの部屋で、サディアスは身を寄せるアシュリーの髪を撫《な》でながら、無表情のまま、ぼんやりとつぶやく。

「おまえは本当に可哀想な、妹だね——僕の本当の気持ちも知らずに」

深い沼底のような濁《にご》った瞳が、すやすやと安堵の眠りにつく無垢《むく》な妹を見下ろす。

やがてサディアスの瞳に憎しみの炎が灯り、彼の手はアシュリーの細い首にかけられた。

「……『あの時』、こうして……この手で殺せたなら、どれほど楽だったか……なぜ、そうしなかったのか……」

手に力を込めたくなる衝動を抑え、サディアスは眠っているアシュリーの唇に自分のそれを重ね、そして頬にも愛おしむようにキスを落とした。

殺せるわけがない。だからこそ憎かった。

そして、何よりも渇望《かつぼう》していた。

「かわいい妹だ……僕だけの……誰にも、触れさせない」

サディアスがそっと手を放すと、雛鳥《ひなどり》のような無垢な彼女の睫毛《まつげ》がふわり、と揺れる。

「……お兄様」

不安げに手を伸ばして、温もりを恋しがる彼女に、サディアスは覆いかぶさり、もう一度、情交をねだった。

「ここにいるよ。おまえの傍に……ずっと」

唇を食《は》み合わせながら、彼女の細い手をリネンに押し付ける。そして情欲で猛った肉塊を、ずぶりと沈めこんだ。

驚いたアシュリーが瞳を見開く。

「足りないんだ。どれほど求めても……おまえがほしい。もう一度だけ……」

「……おにい、さまっ」

アシュリーの白い裸体がリネンの上で荒々しく乱れる。

月明かりの下で、二人の影は淫らに絡まり合い、荒れ狂う嵐を突き進むように激しく、サディアスはアシュリーの内部を犯しつづけた。

「おまえは、僕のものだ。ずっと……」

――この夜が明けるまでは。

耳につく甘い嬌声《きょうせい》を聴きながら、サディアスは昂《たかぶ》る精を幾度となく迸《ほとばし》らせた。

第一章　望まない結婚

雪を戴《いただ》く連峰、空を映す美しい湖、広大な高原、葡萄《ぶどう》のなる段々畑――自然に囲まれたベーゲングラード王国は、森の小高い岩山に王城を構え、城内は二つの高い塔と円筒の宮殿で成り立っていた。

荒廃の進んだ城壁は、昔の戦争の名残を見せており、要塞《ようさい》に面した市街地の景観は、古い歴史の雰囲気を漂わせているが、三代前の王の時代から永世中立国を宣言し、以来この国は平和に保たれている。

この春に十六歳を迎えた第二王女、アシュリー・ハイデルベルクのもとには、近隣諸国の王子や貴族から結婚の申し込みが絶えなかった。

美しい琥珀色のブロンドに碧氷色《アイスブルー》の瞳、雪のように透けた白い肌、ふっくらとした薔薇《ばら》色の唇、その可憐な容姿は、見る者を一目で魅了してしまうほど愛らしかった。

七日ほど前には年の差が倍ほどある公爵から薔薇の花束を贈られ、断ったにもかかわらず、毎日のように通い詰められた。おかげでアシュリーの部屋からはしばらく甘い芳香《ほうこう》が消えなかった。

アシュリーの表情には不安の色が浮かんでいた。まだ頑是《がんぜ》ない顔をした彼女はちゃんとした恋をしたこともなく、結婚など考えたことがなかったからだ。

そんな中、アシュリーの傍でいつも守ってくれる者がいた。

四つ上の兄サディアス王子だ。

彼は結婚の申し込みにくる男をはねつけるような氷の瞳で睨み、触ろうとするならば、アシュリーからことごとく引き離した。

「僭越《せんえつ》ながら、殿下、そのようなご様子では、いつまで経ってもアシュリー王女がお相手を見つけられないではないですか」

政略結婚を狙う国王の側近ウエルトンが渋面を浮かべ、サディアスを窘《たしな》める。

「ウエルトン閣下、あなたの審美眼《しんびがん》はどうやら狂ってるようですね。アシュリーにも選ぶ権利があるのですよ」

サディアスも譲るまいと冷徹に言い返す。

当のアシュリーは申し訳なさそうにサディアスを見上げ、心の中でいつも感謝していた。兄の傍にいればとにかく安心だ。

そんな強い信頼の気持ちがいつしかアシュリーに芽生えていた。

「まったく、殿下の妹に対する執着には、困ったものですな。国王陛下の溺愛にも負けぬほどです」

ウエルトンは呆れたように眉を引きあげ、非難の一瞥《いちべつ》を送る。

サディアスの背に隠れていたアシュリーは、ウエルトンが去っていくのをじっと我慢していた。

アシュリーが十六歳を迎えてからというもの、こんな光景が毎日のように繰り返されていたのだった。

アシュリーは今日もまた、日参する訪問者にどうにか帰ってもらったあと、王族が住まう居殿《きょでん》の私室に閉じこもり、部屋の窓から見えるのどかな風景を眺め、深いため息をついた。

窓ガラスには、耳にぶら下げた青珠石《サファイア》のイヤリングが風にゆらゆらと揺れている姿が映し出されている。襟が広く開いた豪奢《ごうしゃ》な青いドレスには、精緻《せいち》なボビンレースや真珠《パール》、金剛石《ダイヤモンド》といった宝石が飾られ、三段に重ねられたスカートは可愛らしいのに、その色合いのためにますます沈鬱《ちんうつ》な表情に見えた。

今は初夏の候――この地域では一番美しい高原の景色が望める季節だ。

小高い山に構えた城の窓から外を眺めると、眼下には美しい草原が広がり、鬱蒼《うっそう》と生い茂った牧草が風に吹かれ、燦々《さんさん》と降り注ぐ陽《ひ》の光に煌《きら》めいていた。

ここから東方に目を移すと城下町の様子が映り、西方を眺めれば、澄み渡る青空の下に、大陸一番の規模とも言われる大きな湖が見え、水面には解けかけた流氷がゆらりと揺れていた。

ここは氷の国と言われるほど冬が長く厳しいが、その分、夏は全般的に冷涼であり、青々とした高原には色鮮やかな花が咲きこぼれ、肥沃な地では牛や羊を飼い、ミルクやチーズなどの酪農を主として生計を立てている者が多い。

ここは葡萄の名産地でもあり、秋の収穫祭を迎える頃には、市民に葡萄酒《ワイン》が振る舞われる。港に面した南方の大国ほどではないが、城下町はそれなりに活気に溢《あふ》れ、人々は平和に暮らしていた。

（……ここから見る風景も、もうすぐ見られなくなるのね）

アシュリーはまたひとつ、ため息をこぼす。

昔からベーゲングラード王国の王女は十六歳から十八歳の間に、必ず嫁《とつ》がなくてはならないという決まりがある。

六つ年上のアシュリーの姉ソフィアは同じ年の頃、隣国のフィリルランド王国に嫁いでいる。次はアシュリーの番。久方ぶりの輿入《こしい》れを期待した城の中は、着々と準備がなされて騒がしい。この間も王室御用達《ごようたし》の仕立て職人とお針子たちがやってきて、ウエディングドレスの仮縫いまでされてしまった。

けれど、アシュリーはどうしても、十六歳を迎えてすぐ結婚するという気持ちにはなれなかった。せめて十八歳になる年まであと二年待っていてほしい、と国王に相談しようと思っていた矢先のこと。どうやらそれは叶わないらしいということを知ってしまった。

国王からイリウム王国の第一王子から結婚の申し込みがあったことを告げられ、いつものように断ろうとすると、「彼こそが婚約者にするに相応《ふさわ》しい相手だ」と勝手に話を進められてしまっていたのだった。

ある晩餐会《ばんさんかい》の夜、国王と側近ウエルトンが広間で話をしているのを偶然耳にしたところ、それは政略的な結婚である様子だった。

アシュリーだって分かっている。この国が平和であるために、昔から女は皆、政略結婚を受け入れてきたのだということを。それは王女としての宿命であり、そのために生を受けたといっても過言ではないのだ。

イリウム王国といえば、ここより東方の軍事に長《た》けた国で、姉が嫁いだ西方のフィリルランド王国と張り合う大国である。

姉はフィリルランドに嫁ぎ、自分はイリウムに嫁ぐ。そうして愛されるように努めれば、二つの大国に挟まれたベーゲングラードは平和が保たれるに違いない。

「アシュリー、元気がないようだね」

アシュリーのもとに兄のサディアスがゆったりとした歩調でやってくる。アシュリーの部屋に置かれた数々の贈り物を眺め、呆れたようにため息をつくと、それらをひと集めにし、傍に待機していた侍従に回収するように告げた。

「いくら贈り物でも、おまえが嫌なら処分してしまえばいいんだよ」

サディアスは淡々とそう言って、侍従に次々もっていくように命じた。宝石や鏡や花束……ありとあらゆるものが部屋から運びだされていく。

「お兄様……」

「それとも、飾っておきたいかい？」

アシュリーはううんと首を振る。ただ処分を命じられた侍従に申し訳なかったし、贈り主のことを考えるといたたまれなくなる。しかしサディアスは少しも気にすることなく冷徹だった。

「仕方ないな。おまえは優しい子だからね」

同情するようにサディアスは言った。

サディアスの秀麗な額に落ちかかった黒髪は、陽に煌めくほど艶やかで、襟足につく程度に伸びた毛先が、細面の甘い顔立ちに色香を漂わせている。

凛々しく整った眉の下には濃い睫毛に縁どられた二重の双眸《そうぼう》があり、光の加減で翡翠色《グリーン》にも見える薄茶色の瞳が柔らかく細められ、アシュリーを見る時には、今みたいに、ふんわりと優しい貴公子の微笑みを向けてくれる。

口元は男らしく引き締まっているが、そこはかとなく色香が漂い、立派な喉仏が紡ぎだす抑揚のない低い声は、ほんのり甘さを孕《はら》んで、女性を惹《ひ》きつけるところがある。普段から滅多に声を荒げるようなことはなく、物腰が穏やかな好青年である。

「さっきから声をかけても返事がないから、心配したよ」

ドアの方に視線をやると、警備についていた兵が交代を告げて出ていくのが見えた。

「ごめんなさい。全然気づかなかったわ」

サディアスはアシュリーの隣にやってきて、窓の外に見える景色に目を細めた。

麝香《じゃこう》のような芳香がふわりと鼻孔をくすぐる。サディアスが身につけている香水の匂いだ。孤独を感じていたアシュリーの気持ちをホッとさせるように仄《ほの》かに漂う。

アシュリーは幼い頃から家族の誰よりもサディアスを慕っていて、サディアスもアシュリーのことをとても可愛がってくれている。アシュリーが落ち込んだ時には、こうしてそっと傍にいてくれるのだ。

「いい天気だね。散歩をするのにちょうどいい。部屋にこもってばかりでは身体に毒だよ。政務が一段落すれば、おまえと一緒に馬に乗りたいのだけどね」

アシュリーもサディアスと同じ気持ちだった。幼い頃から、読書や刺繍《ししゅう》遊びをするよりも、馬に乗って高原を駆けまわる方がずっと楽しかった。けれど、幼い時のように兄と遊べる時間はそう多く持てない。

サディアスはこの国の第一王子であり、二十歳という若さでありながら、国王に代わって様々な政務を行い、近衛兵の指揮なども任されている有能な男だ。実質的に政権を動かしている国王側近のウエルトンに意見できるのは、彼ぐらいだと囁《ささや》かれるほどだった。

それは単に国王の血を引いているからという贔屓《ひいき》目ではない。彼がその評価に値するほど研鑽《けんさん》を積んでいることを、アシュリーはよく知っている。

たしかサディアスは御前《ごぜん》会議に出席していたはずだが、これから外出予定なのか、王族だけが着ることを許されたロイヤルブルーの盛装にマントを羽織っており、腰に下げた鞘《さや》には重たいサーベルが納められていた。

サディアスが外の景色を眺めている傍ら、アシュリーは兄の凛々しい佇《たたず》まいに見惚れていた。

「また結婚のことで悩んでいるのかい？」

咎《とが》めるでも慰めるでもなく、サディアスは優しくアシュリーに問いかけた。

「……ええ」と頷き、アシュリーは琥珀色の髪で頬を隠してしまうほどに、俯《うつむ》いてしまう。

「美しく生まれ育つのも、時に罪なことなのだね」

サディアスは鷹揚《おうよう》にそう言い、アシュリーの頭を撫でる。

こうして兄が優しければ優しいほど、自分の不甲斐なさを感じてアシュリーはしゅんと落ち込んでしまう。

「お兄様には迷惑ばかりかけて、ごめんなさい」

「おまえが謝ることではないよ。いつになく落ち込んでいるようだけど、何があったんだい？」

「もう悩んでいる時間もないみたいなの。イリウム王国のステファン王子が、私の婚約者に決まったと言われたわ」

すぐさま、「ウエルトンに言われたのか」とサディアスは呟《つぶや》く。

「ええ」

アシュリーが肩を落とすと、サディアスもまた深いため息をついた。

「そうか。今回は随分と、強硬手段に出たものだね」

「いつかはそうなると思ったわ。でも……」

実は結婚そのものだけでなく、結婚相手のイリウム王国の王子についてもアシュリーは悩んでいたのだった。

結婚相手の男は、ステファン・ドレッセル。

イリウム王国の第一王子で、大陸一の暴君になるだろうと噂されている男だ。

アシュリーも舞踏会で一度、見かけたことがある。

見上げるほど背が高く、白い雪の中でも黒い軍服がよく目立っていた。プラチナブロンドの長い髪に、キリッと吊《つ》り上がった眉、酷薄《こくはく》そうな二重の双眸、人も羨むほど高い鼻梁《びりょう》、勝ち気で皮肉げな口元……すべてにおいて尊大かつ横柄《おうへい》な雰囲気があり、内気な性格のアシュリーでは、持て余す男のように感じた。

今でこそベーゲングラードは平和な国だが、いつ戦火が忍びよってくるかもしれないし、王族の失脚《しっきゃく》を狙う者が現れるかもしれない。

様々な危懼《きく》から守るため、男というものは、常に剣術の腕を磨かなくてはならないし、元来野蛮な生き物であるということはアシュリーだって分かっている。サディアスが修練場で騎士隊長と剣を合わせているところを見たことだってあった。

けれど、ステファン自らあからさまに政略結婚を持ち出してきたということを耳にして、アシュリーは怖くなったのだ。

粗野で傲慢でどんな手を使っても自分の支配下に置こうとする強欲な男……ステファンからはそんな匂いがした。

兄のように穏やかな性格ならば、こうしてそっと寄り添って、優しく愛を囁いてくれるかもしれないけれど、きっとステファンは、兄とは正反対のタイプに違いない。女を飾りのように思っているような節がある。

ステファンからは七日後に開かれるお茶会に誘われていた。

国王の側近ウエルトンからも「婚約者が誘ってくださったのですから行くべきです」と窘められてしまい、アシュリーは憂鬱《ゆううつ》だった。

ウエルトンはいつもアシュリーに厳しかった。王女教育および花嫁教育について監視役を担《にな》っていることもあり、アシュリーを見る目が厳しい。『歴代の王女はこのぐらいのことはできましたよ』と呆れたように腕を組みながら、どこか蔑《さげす》むような視線を向けられていた。姉のソフィア王女と比べられることもしばしば。

そのたびにアシュリーは、自分は容姿こそちやほやされているものの、それ以外には何も取り柄がないと失望されているように感じられ、レッスンのあとには落ち込んだものだ。

ウエルトンの報告を受けた国王は、「おまえの幸せを望んでのことなのだよ」と口癖のようにフォローするのが常だった。

(婚約者だなんて、私は一言も返事をしていないのに)

お茶会に出席することはつまり、婚約者として認めることになるのだ。もう逃げ道はなくなる。

「お兄様、私はどうしても今、結婚を決めなくてはならないのよね？　もう……お兄様の傍にいられないのよね？」

アシュリーは縋《すが》るような瞳をサディアスに向けた。

どうか肯定をしないでほしい。

嘘でもいいから大丈夫だよ、という励ましの言葉が聞きたかった。

けれど、サディアスは申し訳なさそうに整った眉尻を下げた。

「できるなら、おまえをずっと傍に置いておきたい……そう思っているよ。でも、いつかはその日が来る。おまえが心から選んだ相手なら、もちろん祝福したいけどね」

サディアスはアシュリーの琥珀色に煌めくブロンドの髪を優しく撫でながら、苦しげにそう言った。

その声色や表情からは、アシュリーを思いやっての言葉であるということが伝わってくるが、婉曲《えんきょく》に国王が決めたことだから従うしかないという意味を含んでいる。

アシュリーだって頭では分かっている。それは兄にだってどうすることもできない事情だ。

ただ、政務に関わっている兄なら、国の情勢が逼迫《ひっぱく》しているなど、何か特別な事情を知っているのではないかと思ったから、聞きたかったのだ。

そうして無理矢理にでも理由を増やして、アシュリーは自分を納得させたかった。

「ソフィアお姉様もこんな気持ちだったのかしら。でも、この間宮廷で開かれた舞踏会ではすごく幸せそうだったのよね」

アシュリーの脳裏《のうり》には十六歳の誕生日に開かれた舞踏会の様子が浮かび上がる。結婚する前の姉は、アシュリーと同じように不安そうだったと国王から話を聞いているが、そんなことを微塵《みじん》も思わせないほど、幸せそうにワルツを踊っていた。

そんなふうになれるものだろうか――。

「結婚してから相手を深く知るようになって、愛することもあるのかもしれない」

「……そういうものなのかしら」

数えきれないほどのため息が零《こぼ》れていく。

「どうやら、アシュリーが不安に思っていることは、他にもあるようだね」

サディアスのグリーンがかった薄茶色の瞳が、もの言いたげにアシュリーを見つめる。

心を見透かされてしまったのではないかと思い、ドキリとした。

サディアスにこうして見つめられてしまうと、いつだって隠してしまうことの方が困難だった。

「私、恋もしたことないのよ。なのに……」

アシュリーが言葉に詰まって黙り込むと、サディアスが顔を覗き込んでくる。

「アシュリー?」

「ううん、いいの。何でもないわ」

アシュリーの抜けるような白い肌のふっくらとした頬が、みるみるうちに薄桃色に染まっていく。

(……こんなことを男性に聞けるはずがないもの)

アシュリーが不安に思っているのは「婚礼の儀式」のことだった。

ベーゲングラードおよび近隣諸国では、異国同士の結婚つまり政略結婚においては、結婚式の前に純潔であることを確かめる決まりがあった。暗殺者や王族の略取《りゃくしゅ》を狙う人間を見極めるためだ。

　婚礼の儀式により純潔が確かめられ、問題ないと許されたなら、結婚式を行うことを許可されるという掟《おきて》がある。そして結婚式を終えたら今度は正式な床入りという儀式が待っている。

　結婚してから好きになるかもしれない、という道理は分かる。けれど、相手のことをよく知らないまま身体を差し出し、純潔を捧げるということが、アシュリーにとっては怖かったのだ。

　それも暴君と呼ばれるステファン王子に――。

『婚礼の儀式は殿方に任せ、床入りの儀式は尽くしなさい』

　乳母と女官から王女教育の折にそのようなことを教えられた。二つの儀式は命よりも大事なことなのだと。だが、アシュリーには想像がつかなかった。夫となる男と身体を触れ合わせ、男性の禍々《まがまが》しいもので破瓜《はか》される痛みはどんなものなのだろうか。

　蝶よ花よと可愛がられてきたアシュリーだったが、男を惹きつける外見とは裏腹にまだ頑是なく、内気で恥ずかしがりやの自分が男性を虜《とりこ》にできるなどとは思えなかった。ステファンに無理矢理抉《こ》じ開けられるのでは、と勝手な想像をして、ますます不安を募らせていた。

ベーゲングラードをはじめ近隣諸国の王室には一夫多妻制の名残があり、多数の妻の中から王妃となる者を選ぶ風習がある。

つまり、もしもアシュリーが王子の意に沿わなければ、将来王妃になれない可能性もある。そうならないよう夫を夢中にさせなくてはならない務めがあるのだ。

姉のソフィアは、フィリルランドの王太子妃として王太子の政務を立派にサポートしていると聞く。本当の美人は、姉であって自分ではない。

それなのに、周りからちやほやされて可愛がられ、アシュリーは自分自身にコンプレックスを持つようになってしまっていた。

不意にサディアスの手が伸びてくる。彼はアシュリーの手を引き寄せ、彼女の手の甲に慈愛を込めて口づけを落とした。

「あ、……お兄様」

「可哀想な子だね、アシュリーは。せめて二年……もう少し待てないものなのか、王室内の連中は気が短くて困るな」

同情なのか慈愛なのかそれとも……。

あまりに長い口づけに、アシュリーの胸はトクリと淡く弾ける。

まるで長い間会えなかった恋人へ贈るようなキスだ。

サディアスの長い睫毛がほんの僅《わず》かに震え、そっと瞼《まぶた》が開かれていく。その様子から目が離せない。

美しい兄の瞳に映った自分は、頬を真っ赤に燃やし、瞳を潤《うる》ませている。胸が鼓動を速めてしまい、どうしていたらいいか分からなくなる。彼の傍にいるといつでもそうだった。

本当の恋は知らない。けれど、初恋なら経験している。

目の前の兄に――。

アシュリーはサディアスの憂《うれ》いを含んだ眼差《まなざ》しを見つめ返しながら、幼い日のことを思い返していた。

幼い頃の二人は決して仲が良いとはいえない関係だった。今のように優しく見つめてくれるようになったのは、いつからだっただろうか。それまでの兄はどこかアシュリーに対して冷たくて、妹という存在を疎《うと》ましく感じているような素っ気なさがあった。

兄妹とはいえ異性同士なのだから、べったりするものではないかもしれない。だがアシュリーは少し寂しい気持ちでいた。

そんなある日、思いがけず兄が遠乗りに出かけようと提案してくれたことがあった。アシュリーが五歳くらいの時だったと思う。初めてサディアスが誘ってくれたことで大はしゃぎしていたアシュリーは馬から下りたあと、一面に咲く紫の花に魅入られ、たっと駆け出した。

『アシュリー！　危ないっ』

その先は海に突きだした崖《がけ》――。寸でのところでサディアスの腕が伸びてきて、強く抱きとめられた。

サディアスは顔を真っ青にして、何度も確かめるかのようにアシュリーの身体を抱きしめ、それから彼女の顔を覗き込んで無事を確認すると、ホッと胸を撫で下ろした。

『……もう少しで、おまえは……』

サディアスは苦しげにそう言い、アシュリーをそっと解放した。

『……ごめんなさい。お兄様』

せっかく仲良くなれる機会だと思ったのに、また嫌われてしまうかもしれない。しゅんとするアシュリーの頭を撫でて、サディアスはため息をついた。

『おまえが無事でよかったよ』

サディアスの真摯《しんし》な言葉が、当時のアシュリーの胸に深く沁《し》み入った。

『お兄様は、私のことがお嫌いじゃないの？』

おそるおそる胸に秘めていたことを告げると、サディアスは面食らったような顔をしたあと、ふっと微笑みかけた。

『……嫌い？　そんなわけないじゃないか』

『ほんとうに？』

『おまえのことが嫌いだったなら、遠乗りに行こうと、誘ったと思うかい？』

『これからも仲良くしてくれる？』

アシュリーはサディアスの逞《たくま》しい胸の中に包まれながら、必死に訴えかけた。

サディアスは頷いてくれ、やっと二人が兄妹として歩み寄れたと思ったのだった。

けれど、その想いは日に日に別の感情へと変わっていった。アシュリーが成長していく傍らで、兄はますます立派に逞しくなっていく。優しく頼れる兄は、アシュリーにとってまさしく王子様だった。

もしもサディアスが兄でなかったなら……などと空想に耽《ふけ》ったこともあったくらいだ。

決められた結婚は仕方ない、と分かっている。アシュリーがいまいち踏み切れない本当の理由は、サディアスの存在が大きかった。

（そう。お兄様のような人だったなら、迷うことなどしないで、手をとれるのに……）

けれど、そんな相手が現れるのを延々と待っている訳にはいかない。

兄は兄だから美しく、優しく……憧憬《どうけい》の目を向けられる相手なのだろう。

再び落ち込んでしまうアシュリーをよそに、サディアスは何かを考え込むような顔をして、それからにこりと笑い彼女に提案した。

「そうだ、アシュリー。今夜、僕の部屋においで。いいことを教えてあげるよ」

「いいこと？　何かしら？」

「今は内緒だ。でも、きっと沈んだ気持ちが楽になるよ」

「ほんとう？」

「ああ、だから、そんな顔をしないで」

サディアスはそう言い、今度はアシュリーの頬にちゅっとキスをしてくる。

「とりあえずこれから僕は用があって出なくてはならない。またあとで声をかけるよ」

サディアスは優しく瞳を細めて微笑み、アシュリーから離れた。

「あ、お兄様、道中は気をつけて」

兎《うさぎ》の子のように、ひょこっと背を伸ばして、アシュリーは手を振る。

「ありがとう、アシュリー。それじゃあ」

サディアスはアシュリーにふわりと優しく微笑みかけると、マントを翻し、部屋を出ていった。

アシュリーはサディアスを見送ってから、ドキドキと忙しく打っている胸のあたりをそっと押さえた。

（こんなふうにステファンのことも好きになれるのかしら……）

アシュリーは一人になってから、またひとつ、深いため息をつくのだった。

◇◇◇　◇◇◇　◇◇◇

アシュリーの部屋から出たサディアスの表情は、先ほどまでの柔らかな微笑みから一変し、冷ややかなものに変わった。

「可哀想な妹……か」

そう呟きながら、これより二時間ほど前のことを思い出す。

サディアスは御前会議に出席したあと、初夏を迎えた酪農地の様子を視察する予定だったのだが、このところのアシュリーの様子が気になり、王座の間で国王に相談を持ち掛けていた。

「相談というのは何だね」

「アシュリーの結婚の話です。あと二年、待ってやったらどうです。毎日ため息をついて謁見《えっけん》が終われば部屋に閉じこもる。あれでは気の毒です」

「ふむ。しかしな、相手はイリウム王国のステファン王子だ。なかなか骨が折れる性格をしていてね」

「何か取り引きでも？　それとも戦争を種に脅されましたか？」

サディアスは国王の様子を窺って、じっと回答を待った。

国王は困惑したような顔で、白い顎髭に手を伸ばす。

「そう気を荒くすることもあるまい。あくまで友好的に同盟を結んではどうかという提案だ。何よりも私は、アシュリーには誰よりも幸せになってもらいたいのだよ」

誰よりも、と強調した国王に対し、サディアスは眉を顰《ひそ》める。

「なぜそれが……あの男なのです？　ステファン王子は自分が手に入れたいと思ったものを手にしたいだけです。本当に友好を築きたいのかどうかも怪しいものだ」

サディアスは傲慢なステファンが妹に近づくことに対して、強い不快感を露わにしていた。

東方の港沿いに位置しているイリウム王国は、戦艦や大砲などを有し軍事力に長け、常々隣国への侵略を狙って動いているという噂だ。政略結婚をしたからといって国が平和になるとも、すぐに戦争が起こらないとも言えない。

この世はいつか滅びるために存在する。

サディアスは国を想う傍ら、常に予測しないことが起こることを心に留めている泰然自若《たいぜんじじゃく》な男だった。

しかし、アシュリーに関しては別だ。

ほしいと思ったものを是が非でも手に入れる野心家のステファンは、女に対してもそのようだと噂で聞いている。妹がそのような男に触れられると考えただけで、サディアスの腹の中は黒い血で煮えたぎり、殺意を覚えるほどだった。

「サディアスよ、おまえこそなぜ、アシュリーにそこまで肩入れをするのかね？」

「決まっているじゃないですか。大事な……妹だからですよ」

「それならば、妹が幸せになれる方法を考えるのが、兄としての務めではないか。おまえもやるべきことがあるはずだ。自分のことを優先して考えなさい」

国王は威厳ある態度を崩さず、一徹に考えを改めなかった。

サディアスもまた引くことをしなかった。

「とにかく、イリウム王国のステファン王子との結婚は、賛成しかねます」

サディアスは苛立《いらだ》ちに任せてそう言い残し、王座の間から出ていくのだった。

第二章　清めの儀式

「アシュリー、支度は終わったかい？」

「ええ。お兄様。たった今」

その日の晩、侍女にナイトドレスに着替えさせてもらっていたアシュリーのもとに、昼間の約束通り、サディアスが訪ねてきた。

サディアスも王族の盛装から白い寛衣に着替えている。

「それじゃあ、こっちにおいで」

サディアスの私室に連れていかれるなり、アシュリーはベッドに座らされた。

「アシュリー、おまえは婚礼の儀式が不安だと、そう思っているね？」

兄は何でもお見通しなのだ……。アシュリーはコクンと小さく頷いた。

「実は結婚する予定の王女にはもう一つ、儀式があるんだ。この頃のおまえの様子を見て、それを知っておく必要があると思ってね」

「……もう一つ？　あの、……それは、床入りの儀式のことをおっしゃってるの？」

「いいや、その他にもう一つ」

他にもあるなんて。まさか、もっと恐ろしいことが待っているのではと顔を強張《こわば》らせるアシュリーを見て、サディアスはそうではないと首を振った。

「清めの儀式だよ。アシュリー」

「清めの……儀式？」

聞いたことのない言葉に、アシュリーは鸚鵡《おうむ》返しをして、サディアスを見る。

「ああ、そうさ。花嫁が婚礼の儀式に不安がある時は、清めの儀式を受けることが許されている」

サディアスはそう言って、おもむろに顔を近づけてくる。

（え……何を……）

長い睫毛が伏せられ、鼻先が擦れ合うほどまで距離が縮む。

思わずアシュリーは息を詰めた。

するっとうなじに何かが這う感触がして、アシュリーは「きゃっ」と声を裏返した。

「くすぐったかったかい？」

サディアスは悪戯《いたずら》っぽく、ふっと笑った。

どうやら、サディアスの指の腹が、アシュリーのうなじから首筋にかけて、優しく辿《たど》っているようだった。

「だ、だって、お兄様がそんなふうに……するから」

耳朶《じだ》にかかる熱い吐息に、ゾクっと甘い戦慄《せんりつ》が走る。

「どんなふうに？」

サディアスの薄茶色の瞳と交わるなり、アシュリーの顔は真っ赤に染められていく。

「今、私の、首の後ろを触ったでしょう？」

アシュリーが悪戯を咎めるように上目づかいで見つめると、サディアスは喉の奥で、くっと笑った。

「このぐらいで感じてしまわれると、この先に進むにはかなりの時間が必要だね」

「お兄様、私のことからかったのね？　ひどいわ」

「ごめんよ。アシュリー、お詫びにいいことを教えてあげるよ。さあ、ドレスを脱いでごらん」

「え？　どうして……ドレスを」

信じ難い目で、サディアスを見る。だが、彼は少しもふざけている様子ではなかった。

「王女教育では子を産むための知識しか教えてもらえない。何も知らないままでは、怖いのは当然だろう」

サディアスの手が伸びてくる。

彼はアシュリーの肩からドレスを脱がそうとしていた。

「あ、……待って、お兄様……」

アシュリーは突然のことに狼狽《ろうばい》した。

「おまえは僕のことが好きかい？」

唐突な質問に、アシュリーは意図するものが見えず、大きな瞳を揺るがす。

「え、ええ。もちろんよ」

喉に絡む声で答えると、サディアスはふっと目を細めた。

「僕も、おまえのことが、とても好きだよ。――いくらいにね」

最後の言葉は聞こえなかったが、その囁きはまるで互いの愛を確かめ合う恋人同士の睦《むつ》言《ごと》のようで、くすぐったい。

でも、なぜ急にそんなことを言い出すの――？

アシュリーが不思議に思っている傍らで、サディアスは彼女のドレスを肩から抜き取るように脱がせていく。

「え、お兄様、な、何をなさるの？」

ドレスの下にはコルセットなどしていないので、背中の組み紐を解かれると、薄いリンネル生地のシュミーズ越しに、発展途上ながら、年頃ほどに膨らんだ胸が見えてしまう。

アシュリーは慌てて胸を隠そうとした。するとサディアスはドレスを脱がせる手を休め、両手で下の方から胸を揉《も》み上げてくる。

「ひゃっ……お兄様っ」

アシュリーの身体は、兄との罪深い行為に慄《おのの》き、彼女の瞳には涙が滲《にじ》んでいく。

「アシュリー、これは罪ではないから怖がらないで。清めの儀式はね、婚礼の儀式を恐れている花嫁を導くために、血縁のある兄弟に託された行為なのさ。だから、おまえには僕が色々教えてあげなくてはならない」

男女の性行為がどんなものかは、知識として知っている。それを兄が教えるということだろうか。

「お兄様が……？」

アシュリーは驚いてサディアスを見た。

なかなか結婚を決めようとしない妹に、どうにか気の向くように導いてはくれないかと誰かに吹き込まれたのではないか、という疑念が浮かんだ。

疑いの眼《まなこ》を向けるアシュリーを見て、サディアスは哀しげに眉を下げた。

「アシュリー、そんな顔をしないでほしい。これはね、誰が指示したわけでもない。僕が、おまえに望んでいることでもあるんだよ」

「……お兄様が？」

アシュリーにとってはますますショックなことだった。

言葉を選びながら、サディアスは言う。

「愛しいおまえに、地獄のような苦しみを与えたくないんだ」

苦しげに吐露《とろ》されたサディアスの本心に、アシュリーは婚約者の男を思い浮かべた。

地獄のような苦しみと喩《たと》えられるほど、婚儀の契りを交わすことは辛いものなのだろうか。あの男に無理矢理拓《ひら》かされる恐怖を想像し、アシュリーの背にぶるっと戦慄が走る。

「お兄様……私、怖いわ」

「大丈夫だよ、アシュリー。今、おまえに触れたように、手ほどきをするだけさ」

あの男が怖い、という意味だったのだが、サディアスは別の意味に捉えたようだった。

「あ、……」

耳朶に這うサディアスの熱い吐息を感じて、つられたようにアシュリーの唇からも、熱のこもった吐息が零れる。

「可哀想なアシュリー……おまえが心に感じている蟠《わだかま》りも、僕がゆっくり溶かしてあげるよ」

蜜を纏《まと》った甘い囁きと共に、サディアスの傍からは女心をくすぐる麝香の香りが漂う。

彼の清廉な瞳はいつも優しく見守ってくれ、それがアシュリーの胸をいつもときめかせる。

他の誰でもない、目の前のこの人に……ずっと恋をしていた。

兄でなかったらよかったのに……と繰り返し、思うほど。

望まない結婚をして、愛してもいない男に拓かされる恐怖は、どれほどのものなのだろうか。

この儀式が罪に問われないのなら、愛しい人に身を委ねてしまいたい。そんなことが、ふわりと浮かぶ。

「アシュリー、僕はおまえを愛している。決して怖いことなんてしない。だから、どうか僕に、身も心も預けてほしい」

そう言って、サディアスは、震えるアシュリーの唇を吸った。

ちゅ、っと濡れた音が立つ。

それはいつもとは異なる、艶《なま》めかしいキスだった。

鼻の先が触れたまま、もう一度、唇を求めようとするサディアスの様子に、アシュリーは熱いため息をつく。早鐘を打ちはじめた心臓が、今にも胸から飛び出してきそうだった。端整な顔立ちの肌理《きめ》まで美しい様に見惚れ、動けないでいるうちに、ドレスは腰のあたりまで、するりと脱げていった。

シュミーズ一枚になった胸元に、サディアスの手が這う。

驚いて身体を引こうとすると、腕を摑まれ、唇を再び奪われてしまう。

その刹那、ぞくっと甘い戦慄が走った。

「ん、……っ」

重なった唇の狭間から、サディアスの舌がアシュリーの口腔に潜り込もうとしていた。生温かくぬるついた舌が、まるで生き物のように絡みつき、予測のつかない蠢《うごめ》き方をする。

「……っ……んっ」

唇の裏側を舐《な》められ、歯列をなぞられ、逃れようとする舌に優しく宥《なだ》めるように吸いつく。それは少しも嫌な感触ではなかった。

唇を奪っているのは、いつもの兄ではない。けれど、舌を絡めてくる動きは、彼の性格そのものを表しているように思えた。

　アシュリーを懐かせるように導いていた舌の蠢きは、やがて我を忘れたように彼女の口腔を激しく貪《むさぼ》るものへと変わる。アシュリーはサディアスの秘めた熱がそうして注がれてくることに、悦びさえ感じるようになっていた。

　もっと舌を絡めて、ずっとそうして密着していたい、そんな欲求が突き上がってくるほど……。

　酸素が恋しくなって喘ぐと、唇と舌が同時に離された。

「……分かってくれたようで、嬉しいよ、アシュリー」

　アシュリーは我に返り、サディアスを見つめた。

　キスに夢中になっているうち、すっかり同意したものとされてしまっていたようだ。

「待って、お兄様……」

　言い訳しようにも分が悪い。サディアスは聞き入れてくれる様子はなかった。

「力を抜いてごらん。さっき唇を預けていた時のように」

　サディアスは薄いリンネルの下でふっくらと盛りあがっている乳房の谷間を眺める。

　薄いリンネルの生地では、白い乳房やうっすらと中心で色づいているところが透けて見えてしまっていた。

　未婚の女性が、こうして肌を晒《さら》すことなど、本来はあってはいけないことだ。アシュリーはどうしていたらいいのか分からず、身を固くさせるしかなかった。

「……お兄様……。そんなにじっと見たら、いや……」

両腕を交差させて、内腿をぎゅっと閉じ込める。

「どうして隠すんだい？」

「だって、恥ずかしいわ……こんな、こと……」

するとサディアスはアシュリーの上に覆いかぶさり、脚の間に胴体を割り込んできた。

「……あ、……」

ふぁさっと琥珀色の長い髪が、リネンの上に広がる。

天井の模様が視界に広がった瞬間、身体に重みを感じた。

左右の手首をそれぞれ頭上で押さえつけられ、動けなくなる。

見上げると、サディアスの二つの瞳が、アシュリーを愛おしげに見つめていた。

「……アシュリー、おまえの身体、とても綺麗だよ」

そうして褒《ほ》められてしまうと、ますます羞恥心で身体が火照《ほて》ってしまう。

夜になると陽に透けている薄茶色の瞳が、よりグリーンの色を濃くする。エメラルドに似た宝石のような輝きに、吸い込まれてしまいそうだった。

サディアスが僅かに動いて、さらに二人の身体は密着した。彼の着ている寛衣越しに、普段は感じることのできない筋骨の感触や熱い体温が伝わってきて、ドキドキと心臓が早鐘を打っていた。

兄に組み伏せられているのだと、アシュリーはようやく気づく。

（このまま私……）

降って湧いてきた恐怖に、かたかたと肩を震わせぎゅうっと瞼を閉じると、押さえつけられていた手首が、すっと自由になった。

おそるおそるアシュリーは見上げる。

「アシュリー、勉強は嫌いかい？」

アシュリーは首を横に振る。この期に及んで、何の質問なのだろう。

「これは勉強だよ」

「勉強……？」

「そうさ。知らないからこそ怖いと思うんだ。だから勉強しないといけない。たとえば……」

舐めまわすような視線に、アシュリーの皮膚はゾクリと粟立《あわだ》つ。

「男が目で見ただけで欲情する生き物だということもね」

サディアスの節張った手が布越しに乳房を包みこみ、中心で勃《た》っている乳首を指の腹で叩く。

「緊張しているせいかな。ここがもう昂ってるようだね」

「ひゃあっ……」

アシュリーの声は驚きで裏返った。

サディアスの手は構いもせず、柔肉《やわにく》がいやらしく形を変えるほどに揉みしだいた。

「あ、……ぁ、っ……」

「とても柔らかい。直《じか》に弄《いじ》ってみても？」

「だ、……ん、だめ、……」

「分かった。このまま、もう少し続けよう」

繰り返し与えられる熱と、不思議な感触に、アシュリーは小さく喘ぐ。どうしてこんな声が出てしまうのかも分からないし、自分でどう止めたらいいのかも分からない。

「気持ちいいかい？」

「……わからな、……」

「おまえのここは、悦《よ》い、と、主張しているみたいだよ」

サディアスの指で愛でられたところが硬く尖《とが》って、リンネルの上からでも隆起しているのが分かった。

恥ずかしくて、目を開けていられず、瞼を固く閉じ合わせる。

するると耳朶をぬめっとした感触が襲い、アシュリーは思わず仰《の》け反《ぞ》った。

「あっぁっ……」

白い喉を反らすと、サディアスの濡れた舌が、首筋から鎖骨にかけて、ゆっくりと這わされ、感じたことのない愉悦にぞくぞくと追いつめられていく。

乳房を捏《こ》ねまわされ、指の腹で尖った乳首をくすぐられ、羞恥心で身が焼かれそうだった。

「あ、だめ、……お兄様、……」

「いいんだよ。感じることは、少しも恥ずべきことじゃない」

胸の尖端をまるで野苺を摘むように指と指に挟まれ、下腹部が波打つ。

きゅんと痺《しび》れたのは摘まれた場所ではない。サディアスの胴体に挟まれている下腹部の奥だ。

何度も繰り返し摘まれているうち、自然と硬くしこっていく。

冷たい空気に触れた時にそうなることは自分でも分かっている。こんなにも身体が火照っているのに、胸の中心が勃ちあがってしまうなんて、知らなかった。まして自分でもそこを触る機会など滅多にないのに、兄の指に弄《まさぐ》られるなんて、考えもしなかった。

アシュリーはたまらずサディアスの肩を押し返した。それでも彼は容赦なく指で芯をくにゅくにゅと扱《しご》くように動かしてくる。

「……ん、……あっ……そんな、強くしちゃ……やっ……」

痛みは感じない。むずがゆいようなもどかしさが駆け上がってくる。全身の神経がそこに集中してしまっているかのように敏感になってしまっていた。

「アシュリー、女は耳で感じるそうだけど、どうかな？」

甘い囁きと共に耳孔にふうっと熱い吐息が流し込まれると、ゾクっと身体が打ち震え、下腹部にまた熱いものが走った。

「……あ、……」

今度は耳孔に舌を挿し込まれ、くちゅりと濡れた音がいやらしく響いた。耳殻《じかく》の輪郭を辿るようにぬるついた舌に舐《ねぶ》られ、じゅんと潤むような感覚を覚えた。

このまま兄に身を任せていては、蕩《とろ》けてしまうかもしれない。そんなことをアシュリーは本気で思った。

「はぁ、…ぁ、……ん、お兄様……」

「ふふ。いい声だね。アシュリー……そうして、女は声を出すものだよ」

サディアスの唇が、アシュリーの首筋から鎖骨へと下りていく。それから彼は、布越し

に乳房の頂《いただき》を優しく唇に含ませた。

じゅぷっと無遠慮に激しく吸われ、アシュリーの腰がビクビクと跳ねる。

頭が白くふやけそうになり、慌ててサディアスの頭を掻き抱いた。

「あ、……ふ、ぁっ……ンっ……」

指でなぞられていた時とは比べ物にならない快感に怖くなり、アシュリーはいやいやと髪を振り乱した。

「やぁ、……っ……お兄様、そんな、……舐めないで、……」

生温かく湿ったものが乳首を濡らし、シュミーズを透けさせている。

「ああ、こんなにして……よほど、悦いみたいだね」

くすくすと微かに零れる吐息にさえ、ひどく感じてしまう。

サディアスに凝視されてしまい、耐え難い羞恥にぎゅっと唇を噛む。それは裸を晒すよりもずっと淫らな光景だった。

「おにい、さま、……ん、もう……っ…」

喉元まで出かかった言葉を必死に抑えていると、

「脱がせて欲しいのかい？　おまえが恥ずかしがるから、この上から触れるだけに留めていたのに」

サディアスの舌先が透けた場所をさらに擦り上げてくる。

「あ、許して、……だめ、なの……くすぐったい、わ……」

啜《すす》り泣くアシュリーの目尻に、サディアスの長い指先がすっと這わされる。

「くすぐったいだけかい？　布越しでは我慢できなくなってきたんだろう」

サディアスの聡明な瞳にあてられ、アシュリーはもじもじと内腿を閉じ合わせる。その間にも、サディアスの濡れた舌が、隆起した粒を容赦なくいたぶる。じくじくとした甘い疼《うず》きが恥骨《ちこつ》の奥から這い上がり、アシュリーは喉の奥を詰まらせた。

「ちが、ん、……分からな……」

アシュリーはいやいやと首を左右に振って、淫《みだ》らな声をあげてしまう自分の唇に手をあてがった。それでも我慢できなくて漏れてしまう。

「あ、ぁ、……ぁっ」

サディアスの舌は隆起した頂を容赦なく舐めしゃぶる。

「ん、いいんだよ。進歩じゃないか。最初は分からなくて当然なんだ。僕がゆっくり教えてあげるから、心配しないでいい」

サディアスは邪魔になったシュミーズを脱がせて、アシュリーの乳房を直に手のひらにおさめた。

「……いやっ……やめ……てっ」

アシュリーはかぶりを振る。

びくっと乳房が揺れてしまうのを、彼はそっと包みこむように揉んで、双丘の谷間に優しく唇を寄せた。

白い雪のような乳房の膨らみは、まだ発展途上ながら、しっかりと豊かに山を描いている。その中心はふっくらと薄桃色に色づいていたはずだが、いつの間にか充血して真っ赤に染まっていた。

「あぁ、美しいね。おまえの乳房の上に、可愛らしい蕾《つぼみ》が咲いている」

サディアスが見つめているのは、恥ずかしいほど張りつめている胸の中心だ。

アシュリーは指摘されて、ふいっと顔を背ける。

そんなふうに直に言葉にして言わないでほしかった。

「ほら、ここに……」

硬くしこった尖端を、サディアスの指は淫らに擦り上げる。きゅっと芯ごと摘まれ、喉の根を摑まれたかのような震えが走った。

「あ、ン、……お兄様、やっ……」

布越しに触られていた時とは比べ物にならない感触に、アシュリーはふるふると打ち震える。

「とても愛らしいよ。感度がいいのは、喜ばしいことだ」

感じやすいのか、感じにくいのか、など、自分では知る術などない。

ただ、サディアスにそうして触られるたび、身体が操られているかのように反応してしまう。否《いな》、もう既に自分の身体はサディアスの術にかかってしまっているに違いない。

とにかく、これ以上の辱《はずかし》めはよしてほしかった。恥ずかしくてぎゅっと目を瞑《つむ》っていると、不意に唇の上に温かなものが触れる。

サディアスの唇が、啄《ついば》むように重なっていた。

「ん、……」

サディアスは二度ほどアシュリーの唇を啄んだあと、唇をそっと離し、鼻先がくっつき合うほどの距離で、アシュリーを見つめた。

「……はぁ、……お兄様……」

ようやく終わったのだろうか。

性行為といえば、拓かされることばかりを考えていて、こんなふうに身体を愛でられるものだとは、想像もしていなかった。

サディアスに触られたところが今も甘い疼きを走らせている。

「キスは好きかい？」

アシュリーが真っ赤な顔で返答に窮していると、サディアスはいつものように瞳を優しく細め、それから唇を重ねた。

「ゆっくり、ひとつずつ。まずはキスをしよう。たくさん……」

キスならいくつもしたことがある。

額や、頬や、目尻や、唇にも。

それはすべて兄が妹に対して可愛がる気持ちとして。

または挨拶だったり、慰めだったりして、軽く触れるだけのものだった。

けれど、今夜のキスは違った。

唇同士が重なり合うだけでなく、互いの唇の感触を味わうべく、啄まれていく。唇を舌先で舐められ、濡れた音が響く。

その心地よさに恍惚《こうこつ》としていると、薄く開いたアシュリーの唇を割り入って、口腔にヌルリと熱い舌が入り込んできた。

「んっ……！」

自分の口の中で、サディアスの舌が蠢く。驚いて離れようとするアシュリーの顎を彼は摑んで放さない。ぬるついた舌同士が擦れて、くちゅりと湿った音がする。

今夜一度目に交わしたキスの時よりも、熱っぽい吐息が口腔に溢れる。舌が絡まり、くちゅと濡れた音が立ち、脳に記憶された甘美な感触が思い起こされ、とろとろに蕩けていってしまう。

アシュリーが唇を離そうとすれば、サディアスの大きな手が後頭部を押すようにして唇をぐっと食み合わせてくるから、逃れることはできない。

「ん、……ふぅっ……」

舌が深いところで絡まる。まるで内緒話でもするかのように舌と舌が粘膜で擦れるたび、ピチャと水音が漏れた。

やがて背徳心も恥じらいも戸惑いも消えていき、アシュリーは彼の舌の動きに無我夢中で応じていた。

サディアスの長い舌がアシュリーの歯並びや舌の形を確かめるように這わされていく。唾液まで吸い上げられ、じんと身体の奥が痺れた。

アシュリーが懸命に応じていると、先ほど弄られた胸にサディアスの手のひらが触れてきて、ますます彼女の吐息は乱れた。

サディアスの巧みな舌先はアシュリーのたどたどしい舌を蹂躙《じゅうりん》し、一方で彼の指は興奮して尖った乳首をきゅっと摘んでくる。

「ん、……ぅっ……」

思わずアシュリーは唇を離し、酸素を求めて喘ぐ。

サディアスの吐息も荒々しく乱れ、それがますますアシュリーの感情を煽《あお》る。

終わる気配は少しもなかった。それどころか、より深く交わる予感がして、不安になる。

「ふ、ぁっ……ンっ……つまんじゃ、やっ……」

ビクビクと仰け反ると、サディアスはますますそこを捏ねまわした。

「あ、ぁっ……やぁ……、ん……」

「おまえのここは、もっとしてほしいと主張しているよ」

指の腹で擦られた乳首は、固く保たれたままだった。

「……ん、……ぁっ……」

「アシュリー……」

呼びかけられて、ビクンと肩が震え、きゅっと胸の中心がより勃ちあがる。

乳房の頂は、耳を聾《ろう》する甘い声も、敏感に感じとってしまうみたいだった。

「はぁ、……ん、……お兄様……」

乱れた髪に指を差し込まれ、何度も愛おしむように梳《と》かれる。

再び唇を塞《ふさ》がれ、サディアスの舌が絡みつく。荒々しい吐息が何度も送り込まれ、互いのぬるついた舌が触れ合うのが心地よい。胸を弄られていると、どこか別のところがじゅくじゅくと疼く。

その場所がどこなのかを、アシュリーは薄々気づきはじめていた。

腰をうずうずと動かし、内腿を擦り合わせていると、ようやく唇を離された。

アシュリーは濡れた瞳で、サディアスを見上げた。彼の瞳も同じように濡れていた。

今までに見たことのない色香のある面差しに、胸がトクリとときめく。

鼓動が速い。胸が苦しい。瞼のあたりが重たく、頭がぼうっとする。身体は火照って、どこか炎が燻《くすぶ》っているような疼きがやまない。

アシュリーは浅い息を繰り返し吐きながら、サディアスの腕に縋りついた。

「お兄様、……私……」

何を口走ろうとしているのだろう。腰のあたりがざわついていた。

もっと、もっと、と何かが背を押そうとする。

アシュリーは喉の渇きを訴えるかのように、サディアスを見つめた。

「何？　そんな顔をして。どこか触れてほしいところでもあるのかな？」

指摘されてかっと顔を赤く染めたアシュリーを見て、くすくすとサディアスが笑う。

「アシュリー、僕にはおまえが無事に輿入れできるよう清める責任がある。それまで僕は誰かと結婚することを許されない。これは世継ぎとしてやらなければならないことでもあるんだ」

甘い口づけのあとの残酷な告白に、アシュリーはショックを受け、くらりと眩暈《めまい》を覚えた。

「そんなこと……私、何も知らなかったわ」

「当然だろう。王家の男だけが知る秘密なのだから」

サディアスは真剣な表情でそう言った。

それを聞いて、アシュリーは妙に納得していた。

だからサディアスは誰とも結婚しようとしないのだ——と。

「……私がちゃんと結婚しないと、お兄様も幸せになれないのね……？」

唇を噛みしめるアシュリーに、サディアスは優しく微笑みかける。

「アシュリー、どうかそんな顔をしないでくれないか」

「お兄様、でも……」

不安がるアシュリーの柔らかな乳房をゆったりと揉み上げ、ちゅっちゅっと、白い肌を吸い上げていく。

「ん、……はぁ、……」

「言っただろう？　おまえの中の蟠《わだかま》りを、僕が溶かしてあげると。さあ、……」

そう言ってサディアスは、アシュリーの乳房に舌を這わせる。

「ひゃ、ぁっ……」

ざらりとした突起への感触に、腰が慄いた。

胸の頂をちゅっと吸いながら、熱いため息をつく。そのサディアスの艶めかしい声や吐息にさえも感じてしまう。

「マシュマロのように柔らかい。なのに……、ん、……頂上は硬くなっている。不思議なものだね」

「あ、……ん、……はぁ、……ぁっ……」

濡れた粘膜にぬめぬめと包まれると、身体の中心に熱いものが何度も迸ってくる。

「可愛い声だ、アシュリー。もっと聴かせてくれないかな。さっきは女が耳で感じると言ったけど、男はね、そういう声をたくさん聴きたがるものなんだよ」

「……おにい、さま……はぁ、……ぁっ」

心臓がドキドキ早鐘を打っている。でも、こうされても、もう怖くない。

サディアスはアシュリーの白い双丘を丹念に捏ねまわし、まるで赤子が吸いつくように尖った乳首を執拗《しつよう》に舌で舐った。

「はぁ、……あ、……」

舌先で突かれたり、転がされたりするたび、はしたない声が漏れてしまう。どうして、こんな声が出てしまうのか、アシュリーは自分でも驚いていた。自分では抑えることのできるものではなくて、自然とそうなってしまうのだということを学んだ。

「アシュリーの肌はとても甘くて、いい匂いがするね。とっても美味しいよ」

サディアスの形のいい唇が胸に押し当てられ、彼の赤い舌がまるで飴玉を舐めるかのように這わされ、頂が艶々と宝石のように濡れていく。

はぁ、はぁ、と呼吸をするたび上下に揺れる胸は、まるで誘っているかのように淫靡《いんび》に見え、隠そうとすれば強調するように下から掬《すく》い上げられ、舌先でぐりゅぐりゅと突かれる。

「あ、あっ……そんな、……いっぱいしちゃ、やっ……」

「いや、というのは、感じてるから……そうだろう？　僕には何でも分かっているんだから、素直になっていいんだよ、アシュリー」

「……ちが、……」

「恥ずかしいから、そういうことを言うんだね。じゃあ、もっと……ん、……」

舐めていた乳首を口腔に含ませ、ちゅうと吸い上げる。

「あ、あぁっ」

激しく吸いつきながら、舌先で叩くように舐り、歯をあてがおうとする。そんな意地悪な舌の動きを繰り返しながら、サディアスが見上げてくる。

「いや、やぁ、……やなの、……おにい、さま……」

アシュリーは長い髪をふるふると揺らして、リネンを握りしめた。

「大丈夫。恥ずかしくない。とっても可愛いよ、アシュリー」

「はぁ、……ん、……あぁ、……」

さっきサディアスが言っていたように、王女教育として性行為がどんなものかは教えられている。といっても知識だけだ。

お金と時間を持て余している貴族の中には、淫蕩《いんとう》に耽《ふけ》ってしまう者が多くいると聞いたことがある。それが恥ずかしくも、少しだけ分かるような気がした。

男女はこんなふうに淫らに愛し合うものなの……？

アシュリーは耐え難い感覚に、腰をうずうずと動かす。

サディアスは挑発的にアシュリーを見上げて、くす、と笑った。

「我慢しないで、その声も聴かせてごらん。ほら、練習だよ」

サディアスの甘い導きで、我慢していた声がますます漏れてしまう。言葉で褒められると、身体が悦びで震えてしまうのはなぜなのだろう。じわっと甘い戦慄が走り、乳房を突きだすように背を反らしてしまった。もっと舐めてほしいと言わんばかりに尖った乳首へ、サディアスの唇が執拗に吸いついてくる。

「あ、……ぁ、……ンっ……」

「そう、上手だ。いいね、とても愛らしい」

サディアスは胸を優しく揉みながら、尖端を指や舌で刺激する行為を、何度も繰り返した。

サディアスのさらさらとした黒髪が肌を滑るだけで感じるようになり、乳首を吸い上げられるたび、アシュリーはサディアスの髪に手を伸ばして掻き撫ぜた。

どれほどそうして感じていたことだろう。下肢に疼くものを感じて内腿を閉じ合わせていると、サディアスは背中から腰にかけ、そっと手のひらを這わせていき、その間もずっと執着するように乳輪を舐めてみたり、尖りを甘噛みしたりして、味わい続けた。

口腔に含んで舌をピチャピチャと這わされると、ひどく官能的に感じられ、自分がお菓子にでもなってしまったのではないかと錯覚してしまうような気分だった。

浅い呼吸を繰り返しているうち、頭が朦朧《もうろう》として、瞳がじんわりと潤んでしまう。

サディアスの手がシュミーズの裾を捲《まく》り上げ、太腿を這っていく。下穿き《ドロワーズ》の布越しに指をすっと滑らされ、アシュリーはビクンと弾かれたように腰を揺らした。

「……あ、……ぁっ……、だめ、……そんなところ、さわっちゃ……」

胸の尖端はおろか、秘所を自分で確かめたことも触ったこともない。月のものがおりてくるのを知るぐらいだ。そこを男の手で触られるなんて、恥ずかしくて死んでしまいそうだった。

「おねが、い……はぁ、……おにいさま、ん、……辱めは、もう、おやめになって……」

心細くなり、アシュリーは涙混じりに懇願した。

「辱めだって？　アシュリー、おまえのここが湿ってきているのは、どうしてだろう？　夫じゃない人に触れられてこうなるなんて、随分淫乱になったものだね。もう、こんなに溢れて……早く受け入れたくて仕方ないと泣いているみたいだ」

サディアスはそこを再び指の腹で撫でる。そこはたしかにじっとりと湿ってぬるついていた。まるでいやらしいのはおまえの方だ、と指摘されている気がして、全身に熱が走る。

そう、そこに男性のものを受け入れる、ということは分かっているけれど、もしそうされたら、自分がどんなふうになってしまうのかなんて想像がつかない。

地獄のような苦しみ——と、サディアスが暗喩していたことが気にかかり、腰が引けた。

サディアスは乳首を吸いながら、下穿き《ドロワーズ》の上から指を這わせてくる。乳首に感じていたものよりもさらに激しい疼きが湧いてしまいそうになり、アシュリーはいやいやと首を横に振った。

「……ん、はぁ、……汚しちゃう、……だめ、……」

乳首の全体を咥《くわ》え込まれ、じゅっと強く吸われた。

「あぁっ……」

サディアスの指の動きはさらに淫らに蠢く。ぬるついた布越しにくにゅくにゅと捏ね回すと、クチュクチュと淫猥な音が立ち、胸の尖端と同じように秘めた粒がぷっくりと張りあがってくる。サディアスはそこを捉え、丹念に指の腹で転がした。

「あ、……っ……あっ……」

全身が跳ね上がるような、強い刺激に息が詰まる。下穿《ドロワーズ》きの中に、サディアスの手が入っていく。武骨な指先が、恥骨に浅くかかった茂みを掻きわけ、可憐な花弁の奥にある秘宝を探り当てようとする。

「やぁ、っ……っ」

長い髪を振り乱そうとも、腰を激しくうねらせようとも、恥骨の上にのせられたサディアスの熱い手のひらは、そこから一向に離れてくれなかった。

ぽってりと充血した陰唇の先に彼の指が埋まる。くにゅりと花芽を摘まれ、アシュリーはいやいやと首を振った。とろりと蜜の溢れる狭間にゆるゆると指を潜《くぐ》らせ、包皮を優しく剝《は》がすように捏ね回される。

「ふ、……あぁん……っ！」

ひくん、と花弁全体が蕾《つぼ》もうとする。固く閉ざそうとする蕾の中にくちゅりと指が滑らされていく。だが、決してサディアスは中に指を入れようとしない。ぬるついた花弁を優しく愛で、敏感な花芯を弄りながら、左右の胸の突起を順に咥え込んだ。

「……アシュリー、溢れてくるよ、おまえのここから」

「……はぁ、ぁっ………ぁっ」

恥ずかしかったはずなのに、もっと舐めてほしい、もっと吸ってほしい、もっと弄ってほしい、という欲求が突き上がってくることに、アシュリーは戸惑っていた。

サディアスの指が往復するたび、彼の唇が吸いついてくるたび、アシュリーの脳内は白くふやけて、蕩けてしまう。

アシュリーの中に何か覚えのある衝動が走った。

粗相《そそう》をしてしまう。兄の顔を汚してはいけない、と腹部に力を入れて仰け反ろうとする。それなのにサディアスの指はよりいっそう疼くところをくりゅくりゅと捏ね回して、やめてくれなかった。

「あっ……、おにい、さま、……ほんとうに、ん、……やめ、あぁ、っ、……」

透明の蜜がびゅくっと迸る。粗相をしてしまったのだ、と思ったが、流れるような感触はなかった。

臀部《でんぶ》から太腿にかけてビクビクと痙攣《けいれん》したように震えが走っただけだった。

生まれて初めての衝撃に、意識が遠のく。

サディアスがようやく乳首から唇を離してくれた頃には、アシュリーはくったりとリネンに身を横たえ、背中は汗でびっしょりになってしまっていた。

「……アシュリー」

サディアスの声に導かれ、アシュリーはうっすらと瞼を開いた。

「蕩けきった目をして。意識をなくすほど、そんなに気持ちよかったかい？　まさか、初めてなのに達してしまうなんて、思わなかったよ」

くすくすと揶揄《やゆ》する声に、アシュリーは頬を赤くする。

「……ひどいわ、……お兄様が……やめてくださらないから、私、……」

「感じていたのはおまえだよ。僕はただ触っていただけ」

「……っ」

ずるい言い訳をされて、アシュリーは潤んだ瞳を伏せる。

「今度は、達《い》く時には、教えてもらわないとならないね」

達く、その意味がアシュリーには分からない。けれど、婉曲に推察すると、粗相をするような強い快感に身を投じる、という意味なのだろう。

淫蕩に耽っていた自分を今さら恥じて、アシュリーはもじもじと腰を揺らす。

「……私……どうしていたらいいか……なんて、分からなくって……」

「こんな調子では先が思いやられるね」

辛辣《しんらつ》な言葉に、ショックを受ける。

たしかに、こんな状態では男を虜にするなど、無理に違いない。アシュリーは来《きた》る婚礼の儀式を想像して、絶望を抱いた。

「アシュリー、大丈夫だよ。意地悪を言ったりしてごめん。これから順に覚えていけばいい。僕が教えてあげるから」

サディアスは慰めるようにアシュリーの頭を撫でた。

「これだけは忠告しておこう。自分から愛そうとする努力も怠らないようにしなくては、未来の王妃にはなれないよ」

サディアスの言葉にはとても感銘を受けた。

恥ずかしい、などとは言っていられないのだ。

「そうね。そうよね……」

アシュリーのいいところは素直な性格だった。

サディアスはにっこりと微笑み、愛おしむように妹の頭をそっと撫でた。

その指の仕草に、ぞく、と甘い戦慄が走る。

身体を這いまわっていた熱は、泡沫《うたかた》の時間に消えた。それでも尚、身体は微熱を灯《とも》したまま、じくじくと火照っている。

「今夜はここまでにしよう」

サディアスにそう言われて、名残惜しく思ってしまうほどに。

◇◇◇　◇◇◇　◇◇◇

サディアスはくったりと脱力したまま動かないアシュリーを抱き起こし、着替えを手伝った。

「さあ、部屋まで送ってあげよう」

何事もなかったかのように接するサディアスに対し、アシュリーは恥ずかしそうにもじもじとした顔で見上げてきた。

視線があった瞬間にぱっと逸らし、長い髪を垂らして顔を隠してしまう。

二人はアシュリーの部屋に着くまで、一言も会話を交わさなかった。サディアスはあえて無言を貫き、アシュリーの様子を見ていたのだ。

部屋の扉の前で、アシュリーはおずおずとサディアスを見つめた。

「おやすみ。アシュリー」

サディアスはいつものように優しく微笑んで、アシュリーの頬に口づけをする。彼女も挨拶なのだと悟って同じようにキスを返した。

「……おやすみ、なさい……お兄様、それじゃあ……」

意識してしまってどうしたらいいか分からないのだろう、アシュリーは慌ただしく背を向け、扉はゆっくりと閉められた。

アシュリーの姿が見えなくなり、サディアスの表情がすっと冷たく陰を帯びる。

サディアスは先ほどまでのアシュリーの様子を振り返り、ぽつりと呟く。

――可哀想な妹。

サディアスはほの暗い笑みを浮かべ、悠然とその場を立ち去った。

第三章　淫らな秘め事

初夏を過ぎて夏を迎えると、ベーゲングラードの王族たちは視察に出かけることが多くなる。アシュリーもサディアスと一緒に氷湖近くまで遠乗りすることになった。

まもなく出立の時間がくる。しかし、アシュリーはサディアスにどんな顔をして会ったらいいのか分からず戸惑っていた。

『今夜はここまでにしよう』

あの日、サディアスはそんなふうに言っていた。ということは、もっと続きがあるということ。けれど、毎日構えていても、教えてくれる気配はなかった。

気にしていることを、もしもサディアスに悟られたら、待ちわびているようで何だか恥ずかしかったし、自分の淫らな声が鼓膜に蘇ってきそうになり、落ち着かなかった。

清めの儀式——そんなものが存在するなんて知らなかった。

アシュリーはどうしても気になり、王宮の図書館に入り、書架をいくつも廻って古書を調べた。城に仕える司書係が「何かお調べものならお探ししますよ」と声をかけてくれたが、アシュリーは慌てて断った。

それらしいものを見つけても、詳しいことは何一つ描かれていなかった。

「そんなところには書いていないよ」

サディアスの鷹揚な声が届いて、アシュリーは華奢《きゃしゃ》な肩をビクッと震わせ、慌てて本をかき集めて立ち上がる。

いつの間に傍まで来ていたのか、サディアスはアシュリーの耳元に唇を近づけ、声を潜《ひそ》めた。

「……王族の秘密が堂々と記されていたら、大変なことだろう」

「だ、だって……」

「そんなに気になって仕方ないのかい？　まったく、おまえは。順番に教えてあげると言っただろう？」

ぽんと頭を撫でられてしまった。

「ごめんなさい……」

サディアスに手を引っ張られ、アシュリーはよろめいてしまう。力強く抱きとめられて目と目が合い、胸がドキンと鼓動を奏でた。

こんなふうに抱きしめられることなど、今までだって普通にあったことなのに。

（どうして、身体が、どんどん熱くなるの……）

思えば、大人になってからは、サディアスの身体を見たことはない。きっと逞しい筋骨を持っていて、立派な体躯をしていることだろう。

美しい容姿のサディアスに言い寄ってくる女性は多くいるはずなのに、結婚しない理由は自分のせい――アシュリーはそれを気にしながらも、今さらサディアスが結婚してしまうことを、寂しく思ってしまっていた。

もしも……私がずっと結婚しなければ、お兄様もずっと結婚しないまま、一緒にいられる……。

そんなことを考えてしまって、ハッとする。

「アシュリー？」

なんてことを考えてしまったのだろう。

身勝手な考えを恥じて、アシュリーは首を横に振る。

サディアスとは血を分けた兄妹なのに……。

「ううん。何でもないのよ。もう時間なのでしょう？」

「あぁ。そうだね。外庭で兵を待たせているところだ」

サディアスはアシュリーの肩を抱いて、さあ行こう、と促した。

アシュリーの胸は、それからもドキドキと忙《せわ》しなく鼓動を打って、しばらく休まらなかった。

◇◇◇　◇◇◇　◇◇◇

サディアスとアシュリーをのせた二頭引きの馬車は、青々とした高原をゆっくりと進んでいた。

アシュリーは遠くに雪山が連なるのを眺めながら、清々しい空気をすうっと吸い込んだ。

馬車は大きな湖畔の傍で止まった。サディアスとアシュリーは護衛騎士に見守られながら、高原をのんびりと散歩し、雪割草《ゆきわりそう》の咲く洞窟へと足を進めた。

雪割草は、この季節になると咲きはじめる紫水晶にも似た色の花。それが味気ない洞窟を彩るかのように陽に煌めいていた。

「小さな頃、お兄様とこうして秘密の場所でたくさん遊んだのよね」

アシュリーは碧氷色《アイスブルー》の瞳をキラキラさせて、愛らしい白い頬をほんのりと上気させる。

そう、馬でここを訪れた時には、高原に咲く花を摘んで冠にしてみたり、湖畔の水にそっと足を浸してみたり、洞窟の中を探検してみたり……。

幼い頃の思い出が、次々に蘇ってくる。

アシュリーは母である王妃の顔を肖像画でしか見たことがない。年の離れた姉は、結婚が決まってからこの国を離れてしまったし、アシュリーが多く思い出すのはサディアスと一緒に過ごしてきた日々だ。

もうすぐ、それもできなくなる――と思うと、胸の奥が苦しくなる。

「ずっとこうしてお兄様と一緒にいられたらいいのに……」

アシュリーは唇を噛みしめて、そう呟いた。

しかしサディアスはその問いに答えず、彼のグリーンがかった薄茶色の瞳が、物憂げに遠くを見つめて、ぽつりと一言呟く。

「明日はステファンとのお茶会に行かなくてはならないんだったね」

せっかくの楽しい気分に水を差され、アシュリーはしゅんと沈んでしまった。

「さあ、そんな顔をしないで。今日は晴れて天気もいい。洞窟の中を探検してみようか」

「ほんとう？」

「あぁ。兵には僕から言っておくよ」

危険だからいつもダメだと遠ざけられるのだが、兄が命じるならば、兵も目を瞑ってくれるだろう。

怪我でもすれば、サディアスに迷惑がかかってしまう。だからアシュリーはそっと洞窟の先に進んだ。

「危なっかしいな。ほら、おいで」

見ていられないといったふうにサディアスの腕に抱き上げられ、身体がふわりと浮く。

目と目が合って、アシュリーが申し訳なさそうに上目づかいで見ると、サディアスはふっと微笑んだ。

「いいよ。しっかり摑まって」

いつだって兄は優しい。こうしてずっと自分のものでいてほしい。

そんな身勝手な所有欲ばかりが、湧いてきてしまう。

洞窟の中を進むと、澄んだ水が流れ込んでくる泉があった。

外の方を振り向くと、抜けるような青空と鬱蒼とした緑が丸くくりぬかれたように見える。子どもの頃はお城暮らしをしているよりも、ここに来るのが楽しみだった。

サディアスは、泉の中に足を浸そうとするアシュリーを膝に抱いて、後ろから抱きしめていてくれていた。

「お兄様にこうして抱かれていると、小さな頃みたいね」

下腹部にまわったサディアスの腕に、アシュリーは摑まって、ぱちゃぱちゃと足を弾かせた。本当なら未婚の女性が脚を晒すのは考えられないことだが、この場でだけはそれも忘れていられた。

「そうだね。僕はおまえをこうしていつも抱いていた。いつもおまえからは、甘い砂糖菓子のようないい匂いがしていたね」

後ろを振り返ると、サディアスが微笑んでいて、アシュリーはドキンとする。

今日はよく目が合う日だ、とアシュリーは思った。

サディアスの薄茶色の瞳はとても綺麗で、年々色香を増している気がする。

いつか――サディアスもこうして誰かを抱きしめたりするのだろうか。

そんなふうに思うと、嫉妬で身が焼けそうになる。

いつまでも妹が甘えていてはいけないのに。

「ごめんなさい。お兄様」

アシュリーが唐突に謝ると、サディアスは意表を突かれたような顔をした。

「どうして、謝るんだい？」

「私がこんなふうに甘えてばかりいるから、いけないのよね」

「そんなことないさ。僕にとって、おまえをこうして愛している時が、一番幸せなんだよ」

愛している、という言葉が、眩暈を覚えるほど、心地よかった。

こめかみにキスをされて、洞窟の中にちゅっと瑞々《みずみず》しい音が響く。その瞬間、何か胸の奥にも波紋《はもん》が広がったような気がした。

急速に鼓動が速まり、サディアスの方を見られなくなる。

「アシュリー、僕の方を向いて」

アシュリーの身体はふわりと持ち上げられ、互いが向かい合う格好にさせられてしまった。

「あ、待って。お兄様、こんな格好、はしたないわ」

アシュリーはサディアスの太腿を跨《また》ぐように座らされ、おずおずと内腿を締めようとす

る。乗馬する時以外でこんなに脚を広げたことなどない。サディアスの足元は、ふんわりとした旅装用のドレスの裾で、覆われてしまった。

サディアスはアシュリーの背中を抱き込んで、額が当たるぐらいまで、顔を近づけた。

「いいさ。今は二人きりなんだから」

ふわ、と甘い香りが鼻腔《びくう》をくすぐり、胸がトクリと弾ける。

いつもの香りとは違うような、色香を含んだ匂いがする。

香水を変えたのかしら?

そんなことを思いながら、サディアスを見つめる。

サディアスの広い背は、護衛騎士団たちが立つ場所を隠してしまっているが、アシュリーの方からは、ちらちらと見える。

こちらを気にする様子はないし、咎められることもないだろうけれど、何だか不思議な気分になってしまうのは、なぜだろう。

サディアスはアシュリーの細腰をぐいっと抱き込めて、唇を重ねた。

ちゅっと音を立てて離れる。その繰り返しをいくつかされて、アシュリーの瞳は揺れ、互いの吐息が自然と荒々しく乱れた。

深く唇を食まれ、舌が割り入ってくる。

ぬるついた熱いものに侵略され、下肢に痺れが走る。

「……っ……ン」

舌の表面、尖端、裏筋、そのどれもを愛していく、うっとりとするような舌戯が、アシュリーを夢中にさせた。

舌と舌がもつれ合うように絡まる。熱い吐息が口腔に漏れてきて、互いの舌が温《ぬる》く纏わりつく感触は、とても心地よかった。

「そんなにキスが気持ちいいのかい？」

可愛いアシュリー姫、と耳の傍で掠《かす》れるように囁かれ、腰の奥にぞくっと甘い痺れが走った。

「でも……こんなふうに、していては……」

特別な快感を得られる口づけは、恋人同士が行うものなのではないだろうか。そんな疑念を抱きつつも、アシュリーは甘い口づけの余韻に熱い吐息を漏らす。

「キスは悪いことじゃないだろう？　小さな頃から、こうしておまえとしてきたんだから」

「……これも、お勉強？」

「そうだね。もう少し大人のキスを覚えようか」

サディアスは声を潜めて囁き、アシュリーの唇を啄み、舌をそっと割り入れて、熱を帯びた舌を絡めとる。

「は、ぅ、……んっ」

蕩けそうなほど気持ちよかった。ラム酒の入ったチョコレートを食べてしまった時のように、頬や瞼が熱い。まるで微熱に冒《おか》されてしまった気分だった。

甘やかされると、甘えてみたくなる。

そんな衝動に駆られ、アシュリーはサディアスの瞳を見つめた。

おずおずと見上げるアシュリーに、サディアスは唇を啄み、促す。

「何？　言ってごらん？」

「もっと……、してほしい」

アシュリーが懇願すると、サディアスはその願いを叶えるべく、そっと唇を近づけた。

「おまえは本当に勉強熱心だね。いいよ。もう一度……でも、ここではあんまり声を出してはいけないよ」

「……ん、……」

サディアスは深く唇を食み合わせ、ゆったりと舌を這わせた。

うっすらと瞼の開かれたままキスされているという倒錯的な状況に、何か特別な気持ちが湧き起こるのを感じてしまっていた。

勉強のため、それだけじゃない感情が、ぐつぐつと煮えたぎる。

（ずっと……お兄様とこうしていたい……）

サディアスの両手がアシュリーの頬をすべり、細い首をするり――とおりていく。

「さあ、皆が心配するから、そろそろ行こうか」

サディアスの一言に、夢から覚めた気分になる。

手を差し出されてアシュリーは摑まるが、岩場に足をつこうとした途端ぐらっと体勢が崩れ、サディアスにしがみついてしまった。

「ひゃっ……お兄様、ごめんなさい」

キスがあまりにも心地よかったせいで、すっかり腰が抜けてしまっていたのだ。

サディアスに笑われてしまい、アシュリーの顔は真っ赤になってしまった。

「仕方ないね。ほら、摑まってごらん」

サディアスはアシュリーの身体を横抱きにし、洞窟の外まで運んでくれた。

急に明るい場所に連れ出され、差し込んできた午後の陽光に目が眩む。

兵たちは何事かと驚いた顔で、サディアスとアシュリーを取り囲む。

「アシュリー様、お怪我でも？」

「あぁ、少し熱っぽいようだよ。視察も済んだし、ここは切り上げて、休んだ方がよさそうだ。明日は大切なお茶会の日だからね」

「では、早急に王城に戻る準備を」

アシュリーは熱いため息を漏らし、馬車の中に連れられていく。

一体どうしたというのだろう。身体が思うように動かない。力が入っていかない。沸々《ふつふつ》と熱いものが胸にこみ上げ、全身を蝕《むしば》んでいく。頭がぼうっとして、視界が揺らぐ。

本当に熱を出してしまったのだろうか。

サディアスの肩に寄りかかりながら、ふと目に飛び込んできた彼の首筋に、噛みつきたいような衝動が湧き上がり、アシュリーは自分自身が信じられなかった。

（いやっ……どうして、私……）

これでは、まるで発情した牝馬のようだ。

アシュリーは自分が自分ではなくなるような気配に怖くなり、ぎゅうっと瞼を閉じた。

「お兄様、私……」

「アシュリー、大丈夫だよ。眠っていてごらん。すぐに楽になるよ」

アシュリーは必死に目を瞑り、浅い息を吐き、胸を上下させながら、サディアスの腕に必死にしがみついていた。

どれほど耐え忍んでいたことだろう。外を見るとすっかり陽が落ちていた。いつの間にかすっと眠りに落ちていたみたいだ。王城に着く頃には、サディアスが言っていたように、すっと熱が治まっていた。

一体、あの熱に浮かされた衝動は、何だったのだろう。

「気分はどうだい？」

サディアスに問いかけられて、アシュリーはハッとして答える。

「ええ、もう大丈夫よ。心配させてごめんなさい」

とにかく治ったのだから。

アシュリーはホッと胸を撫で下ろした。

「きっと、色々考えすぎて、疲れているんだろう。明日のお茶会には、僕も一緒に行くから、何も難しいことを考えずに楽しむといい」

「お兄様も一緒に？」

アシュリーが弾かれたように瞳を大きくすると、サディアスは目を細めて微笑む。

「あぁ。長い付き合いになるのだから、きちんと挨拶をしておこうと思ってね」

「お兄様がいてくださるなら、とても心強いわ」

わっと喜んだアシュリーだったが、すぐに傲慢なステファンの様子を思い浮かべてしまい、一気に憂鬱になってしまった。

たとえ兄と一緒にいても、婚約者と対面するという事態には変わりないのだ。

アシュリーはしゅんと俯き、小さくため息をついた。

◇◇◇　◇◇◇　◇◇◇

お茶会当日——。

アシュリーはサディアスと共に王家の紋章をつけた箱馬車に揺られていた。

馬車の中からそっと幕を開いて、外の景色を眺める。

大国イリウム王国の王城は、外壁を赤煉瓦《れんが》で建造された城で、丸い宮殿といくつかの城館から成り立っているようだ。今、馬車が闊歩《かっぽ》しているのは城下町の中。港に面した城下町は活気が漲《みなぎ》っており、商人たちや旅芸人などの姿も見え、様々な店が並んでいた。

大国と呼ばれるだけあり、ベーゲングラードよりも市街地の規模が何倍も大きく、文化の発展が著しいことも見受けられる。

（……ここに嫁いで、うまくやっていけるのかしら？）

アシュリーは不安を抱きながら、宮殿までの道のりの中、何度も深呼吸をした。

王城の正門を通り抜け、ようやく宮殿に辿り着くと、外側とはまた違った優美な風景がアシュリーたちを出迎えた。

大理石の石像を中心に建立した噴水、左右対称に区画された手入れの行き届いた広大な庭園、そこには様々な種類の薔薇が咲き零れている。

「アフタヌーンティーは薔薇の庭園で行われるそうだよ。おまえの着ているドレスがとても映えそうだね」

サディアスに褒められて、アシュリーは僅かにはにかむ。きっと兄は緊張を和らげようとしてくれているのだろう。

淡いピンクのドレスは、可憐なアシュリーをより上品に魅せてくれていた。襟の大きく開いたデコルテにはガーネットのネックレスが輝き、胸元には薔薇のコサージュがついている。

コルセットで締めた腰の下にはペティコートを重ねてあり、ふんわりとスカートのボリュームを膨らませていた。精緻な刺繍とレースがあしらわれたデザインで、金剛石《ダイヤモンド》や真珠《パール》がきらきらと煌めき、まるで朝露に濡れる薔薇のように美しかった。

アシュリーはというと、自分の姿よりも、隣に座るサディアスの清廉な美しさに見惚れていた。

濃紺色のフロックコートに、金糸や銀糸で刺繍されたウエストコートと黒いトラウザーズを合わせた格好で、立て襟の内側にはクラバットが巻かれ、その中心に青珠石《サファイア》を金縁で飾った王族の紋章がついている。その装いは王族らしく優雅な気品に溢れていた。

艶やかな黒髪、流れるような眉、清廉な眼差し、高い鼻梁、甘やかな唇……いつ眺めても見惚れるほど美しく、精悍な顔立ちのとくに頬から首筋にかけてのラインには色香が漂い、いつだってたくさんの女性を魅了してしまう。

舞踏会などでは、サディアスの周りに女性が絶えたことはなかった。そして兄を慕う妹としてやきもちを妬《や》くアシュリーの傍に、サディアスはそっと寄り添ってくれていた。

これからもずっとそうであったらいいのに——と、アシュリーは浮かんでくる想いを必死に打ち消した。

国王への謁見のあと、二人は応接間でお茶会がはじまるのを待っていた。しばらくすると、金の肩章《けんしょう》がついた漆黒の盛装に身を包んだステファンが、二人を出迎えた。

「ようこそ、我がイリウム王国へ。待ちこがれて仕方がなかった」

ステファンの声は、よく響くバリトンだ。

身長があってがっしりとした体格の彼は、服の上からでも立派な体躯をしていることが窺える。プラチナブロンドの長い髪はきっちりまとめられ、酷薄そうな二重の双眸といい、勝ち気な性格を思わせる皮肉げな口元といい……相変わらず尊大な雰囲気があり、圧倒されてしまう。思わず身を隠してしまいたくなる衝動を与える人物だ。

「こちらこそ、とても楽しみにしておりましたよ」

身を固くしているアシュリーに代わって、サディアスが鷹揚に挨拶をすると、ステファンは二人を中庭にあるロトンダ式の東屋《ガゼボ》まで案内してくれた。

白いテーブルが並んだところに、濃褐色の髪をきっちり整髪した男性と、深紅のドレスに身を包んでいる女性がいる。

「紹介しましょう。こちらは従兄弟のブレッドリーと彼の妹のマリアンです」

ステファンから紹介を受けて、サディアスはアシュリーの背を支えながら、挨拶をした。

「お初にお目にかかります。ベーゲングラードから参りました。サディアス・ハイデルベルクと申します。こちらは妹のアシュリー」

「お招きくださり、ありがとうございます」

アシュリーはドレスの裾を少しあげて、お辞儀する。

「ご丁寧にどうも。堅苦しいご挨拶はよろしいんじゃなくって？」

マリアンがステファンを促す。傲慢な男に意見をするところを見ると、だいぶ親しい間柄のようだ。

とりあえず挨拶を済ませたことで、アシュリーはほっと胸を撫で下ろす。

「そうだな。さあ、アフタヌーンティーを楽しむとしよう」

アシュリーはサディアスの隣に腰を下ろした。すぐ目の前にはステファンが座り、優雅に長い脚を組んでいる。

太い眉に穏やかな目をしたブレッドリー公爵はダブルブレストの上着に黒いパンツを合わせた装いで、大人の高貴な雰囲気が漂っている。

妹のマリアンは胸の谷間が大胆に見える深紅のドレスを着て、耳にはルビーの飾りをつけており、彼女の雰囲気はとても妖艶《ようえん》だった。

白いテーブルにはアフタヌーンティーの紅茶セットや色とりどりのお菓子が並べられ、まるで宝石のようにキラキラ煌めいていた。

「とっても美味しそうですね」

「そうでしょう？」

マリアンはアシュリーよりもサディアスの方に気があるようで、豊満なバストをすり合わせるようにサディアスに近づき、甘えるような視線を送っていた。

「私が作りましたの。お口にあえばいいけれど、どうかしら？」

マリアンはお皿にのせてあったお菓子を勧めてくる。

「実はね、今日のお菓子は、マリアンが菓子職人と一緒に作ったんだ。お菓子づくりはこの頃、マリアンの趣味でね」

ブレッドリーが鷹揚に説明する。

中央が丸く窪《くぼ》んでベリーやアップルがのせられたそれは、華やかで美味しそうな香りが漂ってくる。

「さっそくいただこう。さあ、アシュリー」

「え、ええ。可愛らしいパイね」

「パイじゃなくて、タルトよ」

周りがサクッとしていて中がカスタードクリームでぎっしり詰まっているので、ちょうど中間ぐらいなのだが、マリアンは拘《こだわ》りがあるのだろう。強調するように言い直した。

マリアンはサディアスが気になるようで、好みはどうだなどと話しかけ、アシュリーにはそれから見向きもしなかった。

サディアスとマリアンが仲良さそうにしているのが、アシュリーは何だか嫌だった。それにステファンと何を話していいか分からない。

アシュリーはステファンの前で、ぎこちなく紅茶をいただいていた。

「ベーゲングラードでは、淑女も馬にのると聞いていたが、それは本当か？」

ステファンに聞かれて、アシュリーは「ええ」と頷いた。質問の通りに、乗馬用のドレスもたくさん仕立てられている。

「でも、この頃は外に出ていないから、すぐには乗れないかもしれないわ」

……その理由は、結婚の申し込みに来る者が多くいて、さらわれてしまうのではと心配されているから、ということをステファンは知るよしもないだろう。

「今度、一緒に乗って高原を散歩してみたいものだな」

ステファンはそう言い、艶然と微笑む。

アシュリーはまた笑顔で頷くだけ。

白い陶器の軽い口当たりのティーセットは、薔薇の模様が入っており、金色の飾りがついている。王家の紋章と思われる部分をなぞりながら、アシュリーは気づかれないようにそっとため息をついた。

「ねえ、私たちに構わないで、二人になってもいいのよ」

マリアンがお節介なことを言ってくれたおかげで、ステファンが組んでいた脚を直し、立ち上がってしまう。

「そうだな。少し二人で散歩でもどうだろう」

アシュリーはちらりとサディアスを見る。

「ゆっくりしておいで」

サディアスは穏やかな表情をよりいっそう柔らかに微笑ませて、そう言った。

助け船を出して欲しかったのだが、伝わらなかったようだ。

止めてくれると思ったアシュリーは、ショックを隠しきれず、ぎこちなく頷くことしかできなかった。

当然の判断だと分かっている。ステファンと結婚するのだから、その前に今日は互いを知る絶好の機会でもあるのだろうし、とアシュリーは無理矢理言い聞かせた。

そうしてとぼとぼとステファンについていくと、薔薇が咲き零れる庭園の中心で彼は立ち止まった。

「実を言えば、マリアンはあなたの兄上に惹かれているようなのだ。ちょうどよい機会を持ててよかったと思っている」

アシュリーはそれを聞いてショックを受ける。白い東屋《ガゼボ》の方へ視線をやった。ここからはサディアスたちの様子が見える。仲睦まじく、ティータイムを楽しんでいるみたいだった。

まさか仲をとりもつつもりで？　そう問う視線に、ステファンは頷く。

「まあ、いいじゃないか。あなたには、できる限り私とゆっくりしていてもらいたい」

ステファンはそう言い、おもむろにアシュリーに近づく。

まだ肩を抱かれてもいないうちから身を強張らせると、ステファンはいやらしく嘲笑した。

「そんなに構えなくても、私はすぐにあなたを食べようなどとはしない」

揶揄の入り混じった笑い声が耳につく。

やっぱり嫌な男だ。

アシュリーは柳眉をきゅっと寄せ、恨めしいといった瞳でステファンを見た。

「おやおや。どうやら、兄上が元凶のようだな。そんなにベッタリしていては……いつまでも女になれないだろう」

猥褻《わいせつ》な言い草に、アシュリーはムッとする。

「私のことはどう思ってもらっても構いません。でも、兄のことは悪く言わないでいただきたいですわ」

するとステファンはアシュリーの肩をぐいっと摑んで、引き寄せた。

「あなたこそ、そんな目で男を見るもんじゃない。男は強気な女ほど、屈服させてやりたくなるもんだ」

「いやっ……放して」

「まぁ、あなたの兄はどうか知らないが？」

さっきから気に障《さわ》ることを言う。

自分のことよりも、兄を冒瀆《ぼうとく》する発言は許し難かった。

「……っ」

最低よ、と喉元まで出かかった言葉を押し込んだ。

すると、顎をぐいっとあげさせられ、強引に唇を重ねられてしまう。

「ん、……」

アシュリーは驚いて目を見開く。いやいやと首を振っても、両手で頬を押さえつけられて、逃れる術はない。

ステファンは口づけたまま、にっと口の端に笑みを浮かべていた。

「……ん、……んっ！」

やっと唇が離れ、アシュリーは思いきり顔を背ける。その隙に、首筋に熱い感触が走る。

「……っいやっ」

アシュリーは思いきりステファンの胸を押した。

首筋のあたりがじんと痺れる。

「ふん、婚礼の儀式が楽しみでならないな」

ねっとりと舐めまわすような下品な視線に、アシュリーは頬をかっと赤くする。

こんな不躾な男に身体を拓かされるなんて、やっぱり考えられない。一刻も早く彼から離れて、祖国に帰りたかった。

アシュリーは肩を震わせて、さっと身を翻《ひるがえ》した。

「そのようなことをされるのでしたら、私、失礼させていただきますわ」

「――あと一週間だ」

背面に脅しつける声。

「アシュリー姫。あなたは私のものになる」

ステファンは尊大にそう言い放った。絶対に逃がさないと宣言しているようだった。

アシュリーは手に塡《は》めた手袋で、擦り切れるほど強く唇を拭《ぬぐ》い、振り返りもせずに、中庭から駆けだした。

（いやよ……本当に私はあの人と、結婚しなくてはならないの？）

アシュリーの脳内には大切に口づけてくれたサディアスのことが浮かぶ。

キスをするなら、お兄様がいい……。

ずっと、ずっと……これからもお兄様と一緒にいたい。

我が儘《まま》だと、叶わない願いなのだと、分かっていても……。

息を切らして東屋《ガゼボ》に戻ってくると、サディアスは驚いたような顔をして、アシュリーを迎えた。

「どうしたんだい？　アシュリー……ステファン王子は？」

サディアスの視線が、アシュリーの肩越しに抜けていく。

「何でもないの。すぐに戻ってくるわ」

訝《いぶか》しげな視線をよこすサディアスに、アシュリーはそう答える。

「また、ステファンが意地悪なことを？　女性には優しくと忠告しているんだけどね」

ブレッドリーが太い眉を下げてそう言う。

「そういう殿方がよい、という女性もいるのよ」とマリアンは陽気に扇子を扇がせた。

「アシュリー」

宥めるような柔らかな声。

「ごめんなさい。本当に何でもないのよ。薔薇が素晴らしくて、感動してしまったの」

アシュリーは目に浮かびそうな涙を必死に堪《こら》えて、笑顔を取り繕った。
サディアスが心配してしまうから、泣いてはいけない。
せめて国に戻るまでは――。

第四章　支配される身体

馬車は行きと同じように帰りも半日かけてベーゲングラードに戻っていった。

王城についてからも、睫毛を伏せたまま肩を落としているアシュリーを、サディアスは心配そうに覗き込んできた。

「アシュリー、一体どうしたんだい。何かよくないことでも？」

アシュリーはハッと我に返り、反射的に唇に手をあててしまった。ステファンに奪われたキスが鮮明に思い出され、唇をぎゅっと噛む。そこは擦り切れるほど擦ってしまったせいで、ひりひりしていた。首筋を吸われた不快な感触も、早く湯に流してしまいたい。

「おまえの唇、少し血が滲んでいるようだよ。一体、何があったんだい？」

「いいえ。何でもないの。大丈夫よ。少し切れてしまっただけで……」

アシュリーが慌てて否定しようと顔をあげると、サディアスは燃えるような眼差しを向けていた。

サディアスの視線がアシュリーの薄桃色の唇から、白い首筋のあたりへと落ちていく。

「何でもないと言うばかりでは、余計に心配になるだろう」

そう言って、サディアスはおもむろにアシュリーの髪に、鼻先を埋める。

アシュリーの身体からは、彼女のものではない芳香《パルファン》が漂っていた。

「なんだか、いつもと違う香りがするね」

「……これは、薔薇の庭にいたから」

「薔薇の香りではないようだ。あの男の匂いか」

首筋に冷たい感触が走る。

「……ひゃっ」

「……何だか、首のここ赤いみたいだけど。虫に刺されでもしたのかい？」

アシュリーは指摘されて、思わず俯いてしまう。

サディアスには知られたくなかったのに、気づかれてしまった。

あの男の移り香が漂い、皮膚の下まで毒されているような気持ちで落ち着かない。だいぶ強いものを使っているようで、なかなか消えていかないのだ。

（いや……一刻も早く、記憶から追い出したいのに……！）

「アシュリー」

普段よりもずっと低い声で名前を呼ばれて、アシュリーはハッとして顔をあげた。

「……正直に言ってごらん。ここなら誰も咎める者などいないよ。今はおまえと僕の二人だけだ」

サディアスの声色は、何か抗《あらが》えない強さがあった。

抑揚のない声で催促されると、アシュリーは拒むことができなくなってしまう。

「……キスを、されたの。それから……」

罪悪感に駆られたアシュリーは、サディアスと目を合わせていられずに視線を逸らした。

サディアスはアシュリーの腕をとり、ぎゅっと強く摑んでくる。

「それから？　何をされたというんだい？」

「……ううん、やっぱりいいの。何も、なかったわ」

とり繕《つくろ》うアシュリーに対して、サディアスが彼女の頤《おとがい》をすっとあげさせる。

「アシュリー」

呆れたようなため息が零れてきて、アシュリーの肩がびくっと揺れる。

「私、考えられなかったの。お兄様……以外の人と結婚するだなんて……」

アシュリーが咄嗟《とっさ》に口走ると、サディアスは憐《あわ》れむような表情を浮かべた。

「……おまえは嘘をつけない子だね。分かったよ。人払いをして、ゆっくり奥の部屋で話を聞こうか。僕にはおまえを教育しなくてはならない責任があるのだから」

サディアスの瞳の中に燃えるような熱を感じとり、アシュリーはゾクッとした。

そのままアシュリーは腕を引っ張られ、サディアスの部屋に連れていかれてしまう。

「……お兄様？　待って……腕が痛いわ」

アシュリーが困惑していると、サディアスは部屋に入るなり、その手を緩めるどころか、ぐいっと引き寄せて強引にアシュリーの唇を奪った。

「ん、……っ！」

サディアスらしくない衝動的なふるまいだった。

驚いたアシュリーがサディアスの胸を押し返すが、彼はまた貪るように口づけてくる。

一度目のキスのあと、上唇を吸い上げ、下唇も同じように吸う。そうして濡らされたアシュリーの唇が、戸惑いで震える。

「ん、おにい、さま……」

「可哀想に……怖かっただろう。僕以外の男に……身勝手に触れられたなんて。さあ、消毒をしてあげるよ」

さっきまでの殺気立った様子は何だったのか、今度は慈しむような目で、淡雪に触れるかのように唇をそっと重ねてくる。

唇の狭間にくちゅりと濡れた舌を挿入され、アシュリーは大袈裟なほどに肩を揺らした。

「ふ、ぅ……んっ……」

噛みつくように唇ごと吸われ、唾液の絡んだ舌を深く差し込まれる。掻きまわすではなくじゅぷじゅぷと抽挿《ちゅうそう》され、舌が押し捏ねまわされている。

まるでもう情交をしてしまっているのでは、と錯覚するほどの濃密な口づけに、アシュリーは立っているのもやっとだった。

サディアスの逞しい二の腕に縋りながら、熱い吐息となめらかな舌の動きを感じて、だんだんと頭がぼうっとしてくる。

激しい動悸《どうき》を覚え、くらくらと眩暈がした。

唇を離したあとも、サディアスの瞳は微笑すら浮かべていなかった。アシュリーの顎に伝っている唾液を、舌でくりゅと舐めしゃぶり、平坦《へいたん》な喉仏を食らう。

「ん、……っ」

「おまえの犯された身体を、綺麗にしてやらないといけないな」

犯された、と強調された言葉に、アシュリーは怖くなる。

「あいつはどんなふうに触れたんだ？　こんなふうに？」

胸元の開いたドレスのデコルテに唇を寄せられ、ちゅっと音が立つほどきつく吸われる。

アシュリーの肌の上には、赤い薔薇のような花がじんわりと滲んだ。

「ン、お兄様……」

それも一度ではなく、何度もちゅ、ちゅっと音を立てて吸われ、白い肌がどんどん赤くなっていってしまう。まるで獣のように貪り吸う様に、アシュリーは困惑した。

「本当にキスされただけなの。身体は、どこも触れられてないわ。だから……」

「おまえは、僕の言うことを聞いていればいい。ほら、強張りを解いて」

サディアスは構わずにアシュリーをソファに座らせ、ドレスを脱がせようとする。ベッドに運ぶのさえ待っていられないといったふうに前開きのコルセットのボタンを外していった。

「……やはり、おまえを他の男のもとにやるのは、心苦しいな。僕の傍で笑っているおまえは、とても明るくて愛らしいのに……あの男といる時のおまえは、今にも朽《く》ちてしまいそうな花のようで見ていられない」

コルセットから露わになった白い乳房の上には、薄桃色の花が慎《つつ》ましく主張している。

先ほど肌に咲かされたものよりも、ずっと淡くて優しい色合いをした蕾だ。

「こんなに綺麗な身体を、あの無礼な男に許してしまうのか。たまらない気持ちになるよ」

サディアスはまるで崇拝するかのようにアシュリーの柔らかな双丘を持ち上げ、硬く実った頂を唇にちゅくりと含ませた。尖った舌先でぐりゅぐりゅと押し転がされ、先ほど肌を吸われた時のようなサディアスの執着した様子が怖くなり、必死に訴えかける。

「あ、ぁ、っ……、そんなに、されたら……私……」

何度もそうして啄まれるうち、尖端はいやらしく濡れて隆起していく。ずりっと甘く嚙まれ、白い下腹部が跳ね上がった。

「やぁっ……！」

「そんなにされたら？　何がどうなるっていうんだい。おまえの可愛い唇で言ってごらん」

サディアスの舌先が焦《じ》らすように赤い粒を弾く。

「……お兄様……あ、ぁ、っ……」

アシュリーは肩を慄かせ、サディアスを見上げる。

するとサディアスは床に跪《ひざまず》き、アシュリーのスカートを捲り上げ、彼女の脚の間に胴体を割り込ませた。優しげな手つきで双丘を揉み上げ、指の先できゅっと頂を摘まむ、その行為が繰り返される。

「あ、っ……ぁっ……やぁ、っ……」

じわじわと繊細な快感が突き上がってきて、触れられるたび、アシュリーの下腹部はビクンと跳ね上がってしまう。

サディアスは飽きもせず乳首に執着し、指の腹で擦ったり、引っ張ったりしながら、乳房を丸く円を描くようにも揉み上げ、尖った頂を舌の腹でずりゅずりゅと擦り上げる。

勃ちあがった頂が真っ赤に充血してしまって、ますます敏感になっていた。そこを濡れた粘膜に包まれ、激しく吸い上げられると、頭が蕩けるほどの快感に苛《さいな》まれた。

「は、ぁ、……お兄様、……だ、め……」

「アシュリー、この間、僕は説明したはずだろう。今さら僕を拒む理由は何だい？」

「それは……」

「答えられないなら、清めの儀式は続けるよ。僕にはその責任があると言ったろう？　おまえとステファンがうまくいくように見届けたかったからお茶会へ一緒に行ったんだ。それなのにおまえは沈んだ顔ばかりして……」

サディアスの表情はいつになく冷ややかだった。アシュリーはやっと兄が怒っているのだと分かった。

「ごめんな、さい……私が、台無しにしたから……またお兄様に迷惑をかけてしまったわ。だからいい加減に愛想が尽きて……それで怒ってるのでしょう？」

「アシュリー、そう思うなら、素直に感じて、僕の言うことを聞くんだ」

熱っぽい視線を注がれたまま、いやらしく捏ね回されると、浅ましくも快楽の火がついてしまう。無知だった頃の自分が嘘のように、貪欲にどこかがうねる予感がした。

洞窟の帰りの時のようになってしまったら、という不安に駆られ、アシュリーはリネンを握りしめる。

唇で挟みこみ、ちゅぷちゅぷと淫猥な音を立てて吸い上げられ、下肢が淡く浮き立った。

「……あ、……お兄様、……胸、そんな、しちゃ……いや」

首を振って抗えば、ぶるっと乳房が揺れる。

サディアスの唇は突起を捉えて放さない。熱い舌を何度も這わせてくる。

「おまえのここは嫌がってはいないよ。嬉しそうに硬くなっていくじゃないか」

「ふ、……ぅんっ……」

焦れるような疼きが下肢から這い上がってくる。アシュリーは息を逃すように耐え忍び、サディアスの頬に両手を伸ばす。すると邪魔をするなと言わんばかりに指先を食まれ、ねっとりと舌を這わされてしまった。

「あ、……」
ぞく、と得体の知れない快感が沸き立ち、アシュリーの碧氷色《アイスブルー》の瞳がじわっと潤む。
爪の先から第二関節までしゃぶられ、手首から手のひらまで口づけられていく……その
サディアスの仕草には獰猛《どうもう》な色香が漂っていた。
サディアスはアシュリーの手を放すなり、おもむろにテーブルの上に置いてあったガラ
スの小瓶に手を伸ばした。
きらきらとしたガラスの小瓶は、香水だろうか――そう思うまもなく、彼はアシュリー
の乳房につーっと垂らした。
「……あっ……な、何?……」
冷たくもなく温《ぬる》くもない。透明な液体が胸の谷間に川水の如《ごと》くこぷこぷと流れていく。
「ああ、これはね、清めの聖水だよ」
清めの儀式――アシュリーの脳裏にそのことがちらちらと浮かんだ。
透明の液体からは薔薇のような甘い香りが漂ってきて、そっと指の腹で確認すると、ほ
んの少し粘度もあるようだった。たとえるのなら蜂蜜のような。サディアスはそれを指で
一掬いし、アシュリーの乳首に塗り込めはじめた。
ぬるついた感触に、臀部がきゅっと窄まる。

「そんなところ、……触られて、な……いわ」

「女性の身体の感覚は全部繋《つな》がってる。すべてをちゃんと清めておかなくてはならないよ」

サディアスはそう言ってドレスの裾を捲り上げると、ドロワーズの紐を解きはじめる。

「や、……何をなさるの？」

液体を塗りつけた長い指を中に伸ばし、浅い茂みに隠れた秘宝に、ぬるりと塗りつけた。

「ひゃ、あぁっ……」

一瞬で達してしまいそうな、鋭い快感だった。

「困った妹だ。こんなに敏感な身体では……あの男に容易く壊されてしまうよ。ますますたっぷり塗っておかなくてはならないね」

くちゅくちゅと卑猥な音が立つ。

「ん、……やぁ、お兄様、……」

サディアスはすぐに指を退かせたが、そのあともまだ指が這っているような感触がして、アシュリーはぶるっと震えた。

「分かった。今日はこれでおしまいだよ」

サディアスはくすりと意味ありげに微笑を浮かべ、コルセットのボタンを閉じていく。

不安な顔をしてアシュリーが見つめていると、サディアスはそっと唇を重ねてきた。

「ん、……」

「そんな物欲しげな顔をしていれば、男はいくらでも貪欲になる。自分が欲していないならば、そういう瞳で見るものじゃない」

サディアスの言うことは一理ある、と思った。

ステファンにも同じことを突きつけられたのだ。けれど、その意味合いが違う。サディアスに同じことをされても嫌悪が湧かない。

でも……時々、サディアスのことを怖く感じる。

自分に対する愛着が常軌《じょうき》を逸しているように感じてしまうのだ。

それと相俟《あいま》って、それでもいいから奪われてしまいたいという、今までに芽生えることのなかった深い感情が渦巻くのを、アシュリーは心の隅で感じていた。

唇がそっと引き離される。

サディアスの濡れた瞳に見つめられ、アシュリーは思わず瞳を伏せてしまう。

身体がどうしようもなく熱く、火照っていた。

「さあ、今夜は疲れただろうから、ゆっくり休むといい」

手を引かれて立ち上がると、よろめいてしまう身体をサディアスが抱きとめてくれる。

耳の傍に感じる吐息に、ぞくっと感じてしまう。

あの洞窟の帰りの時のように、身体がうずうずと疼いてしまって仕方なかった。

◇◇◇　◇◇◇　◇◇◇

王族が住まう居殿の中央の間にウエルトンの姿が見えた。

何やら探しものをしているようで、顎に手をあてながら落ち着きなくうろうろとしている。

サディアスが彼のもとに近づくと、飛び上がるほど驚いていた。

「ウエルトン閣下。お探しのものはこちらかな」

サディアスが手のひらにのせているものを見て、ウエルトンの顔からさっと血の気が引く。さっきアシュリーの肌にすべて垂らした香水の瓶だ。仄かにまだ薔薇の香りが漂っている。

おそらくこれは媚薬《びやく》だ。アシュリーの輿入れの準備品の中に紛れ込んでいたのを、サディアスが訝しんで、部屋から持ってきたのだ。

殺気立ったサディアスの様子に、ウエルトンは狼狽する。

「殿下、これは……どちらで」

「それは僕がお聞きしたい。なぜこのようなものを我が妹に？　それほどまで、イリウム王国に送り込みたいのですか」

怒りを極力抑えて、冷静に問うサディアスだが、それが猶更《なおさら》、恐ろしく映ったようだ。

ウエルトンは視線を泳がせ、ゴホンとわざとらしい咳払いをする。

「これは……姫君のためになることなのですよ」

身勝手な詭弁《きべん》に、サディアスは僅かに拳を震わす。それを悟られないよう彼は淡々と問い詰めた。

「このような卑劣なことをお考えにならなくても、アシュリーは僕の言うことなら何でも聞き分けるでしょう。一言、結婚を望んでいると告げれば。そちらの方がよっぽど得策ではないですか？」

「それはその通りでありますが……どのようなお心変わりですか。殿下はステファン王子との婚約には反対だったのでは？」

胡乱《うろん》なウエルトンに、サディアスはさらりと答える。

「ただ僕は、妹には幸せになってもらいたい、それだけですよ。これは、僕が処分しておきます。今後はくれぐれも余計なことはなさらないように」

空になった媚薬の瓶に目を落とすサディアスの表情には、感情の色が窺えなかった。ウエルトンは畏《かしこ》まったまま、サディアスの様子にただただ恐縮していた。

今頃、アシュリーはこの媚薬の毒に冒されていることだろう。

可哀想な、妹――。

サディアスは、腹の底で薄笑いを浮かべながら、ウエルトンに背を向け、私室へと戻っていった。

◇◇◇　◇◇◇　◇◇◇

「……はぁ、……っ」

しばらくすれば、この疼きは治まるはずだ。

きっとこの間のように、悩みすぎて身体が拒否反応を起こしているのに違いない。だからしばらくすればきっと……。

アシュリーは寝支度を整える時にもそう言い聞かせていたのだが、ベッドに入ってからも、いつまで経っても身体の疼きが止まらなかった。

胸の先が張りつめ、腰の奥が疼いて止まらない。

「……っ……はぁ、……ぁっ……どうしたら、……いいの」

アシュリーは思わず自分の胸に手を這わせた。乳房の頂は刺激を与えたわけでもないのに勃ちあがり、秘所はおそらく潤んでいるのだろう。湿った心地がして気持ち悪い。

だんだん疼きは強くなり、その場所を擦りつけてしまいたくなるような衝動が湧いた。

激しく炎が燃えるような欲求に、自分が自分でなくなるみたいで恐ろしかった。

サディアスならきっと治める方法を知っているに違いない。

そう考えたアシュリーはそっと部屋を抜け出そうとする。当然ながら部屋の外には兵が交代で警備についていて、訝しがられてしまった。

「お兄様のところへ行きたいの。相談……したいことがあって」

「かしこまりました。お部屋までお連れします」

アシュリーが向かったのはサディアスの私室だ。

どうかこの熱を抑える術があるのなら教えてほしい。

無我夢中でやってきたけれど、さっきのサディアスの様子を思い出し、迷いが生じる。

寸前でノックをするのを躊躇《ためら》って引き返そうとすると、ドアが先に開かれてしまい、アシュリーは狼狽《うろた》えた。

「アシュリー？」

サディアスは驚いたように目を少し開いた。しかしアシュリーの必死な様子を眺めて察したのだろう、アシュリーの華奢な背を抱いて、部屋に招き入れる。

「とりあえず、中においで。しばらく二人にさせてくれないか」

サディアスは兵に警備の距離を置くように伝えた。

部屋は閂《かんぬき》をされ、二人きりだ。恥ずかしかったけれど、それ以上にもうこの疼きが大きすぎて自分では抑えきれない。

「お兄様、私……おかしいの。身体が熱くて、火照って……眠れないの」

さっきからアシュリーの身体は小刻みに震えていた。

頬は薄桃色に火照り、薔薇のような唇からは熱い吐息が零れ、瞳の奥は潤んで今にも泣きそうになっている。

「おいで。僕が治めてあげるよ」

サディアスに手を引かれ、アシュリーはベッドに腰を下ろす。

「どこが苦しい？」

はあ、はぁ、と胸を押さえるアシュリーの手を、サディアスはそっと引き剥がし、ナイトドレスを脱がせる。

コルセットを着用していないので、薄いシュミーズの下に白い肌が見えてくる。肩から胸までドレスをずり下ろすと、可愛らしい乳房が露わになった。

サディアスは胸の膨らみに手のひらを這わせ、アシュリーをベッドに押し倒していく。

「胸が苦しいわけじゃなさそうだね？」

「……苦しい、とかじゃないの。身体が……」

どう説明したらいいのか分からなくてもどかしい。

今も、サディアスの手や指が這うだけで、ビクビクと感じてしまうし、どんどん熱はあがっていくばかりだ。

アシュリーが喘いでいると、サディアスはじっと見下ろしてくる。

「どこがどんなふうに疼いている？　僕にどうしてほしい？」

「分からないわ。どうしたらいいのか、なんて……」

そう、とにかく、疼いて、焦れて、仕方なかった。

だけど、この状況を的確に説明する言葉が出てこない。

今まで体感したことのない欲求がアシュリーを支配していた。

「分かった。僕が診てあげよう。おまえの隅々まで……」

サディアスの指がつっと動くだけで、喉の奥がひくんと引き攣《つ》れる。

「ふ、……っ」

サディアスの手が太腿に這わされていき、スカートが捲り上げられていく。熱い手のひらがゆったりと内腿にかけて撫で上げる。それだけでゾクゾクと感じてしまう。指先が当たり、骨の感触さえ、見てもいないのに鮮明に脳に浮かび上がるみたいだった。

下穿きを脱がせて、その節張った指先で触れて——それはアシュリーの脳が欲している願望だった。その願いを叶えるべく、サディアスの長い指が、恥骨にかかる浅い茂みの奥へと滑り込んでいく。

くちゅり、と濡れた音。ビクンと腰が揺れる。

「ねえ、アシュリー……おまえは、もう分かっているんだろう？」

誘うような甘い艶声に火をつけられ、甘い愉悦《ゆえつ》が毒のように身体中にまわる。

「……っ……はぁ、…」

「どれだけ望んでも、お嫁に行かなくてはならない、そのことを……。それで、あの男からのキスも受け入れたのだろう？」

耳朶に這わされる唇。そして熱い吐息……。

アシュリーは思わず瞼を閉じ合わせる。すると瞼の上にサディアスは口づけてきた。

「はぁ、……お兄様、……」

「あと一週間……か。あの男のところに行く準備を、おまえが自ら望んでくるとはね」

「そんな、……つもりなんて、ないのに」

ただ、治めてほしいだけなのに、サディアスは勘違いしている。けれど、頭が蕩けてしまって、うまく考えがまとまらない。

「いや、いつかは覚悟をしなくてはならない。でも、怖いのだろう？」

アシュリーは導かれるままに頷く。

「だからさ。そうだろうと思って……僕が少し細工をしたんだ」

「……え？」

「おまえの身体が目覚めるように、媚薬を少しね」

サディアスの瞳は笑っていない。そのひんやりとした冷たさに心底ぞっとした。

「どうして、お兄様……」

「おまえの幸せを望まなくてはならないから。前にも説明したはずだろう?」

「……私……」

結婚することが幸せ?

きっとそうじゃない。でもそうなっていかなくてはならない。

でも今欲しいものは――。

「アシュリー、今夜、僕が責任を持って、清めの儀式をしてあげるよ。最後まで――ね?」

瞳の奥はやはり笑っていない。けれど艶然と微笑む様は色香が漂い、惑わされてしまいそうになる。

サディアスは、上下するアシュリーの胸の双丘を鷲掴みにして、乳房の頂上を口腔に含み、ねっとりと舐った。

「ん、……っぁ、……ん」

粘着質な音が耳を刺激し、ねっとりと濡れた粘膜に扱《しご》かれるたび、熱に冒されたみたいに瞼がじんわりと熱くなる。

「はぁ、……お兄様、……」

胸を上下させるアシュリーを見下ろすサディアスは、今度は耳朶を優しく噛みながら、密やかに囁いた。

「アシュリー、おまえは、素直に感じるまま、身を委ねること。分かったね？」

なんて甘やかな声なのだろう。

その声で囁かれるだけで、身体全体が甘い蜜を啜ったみたいに、じんわりと歓喜に満ちていく。でも、今、アシュリーの身体に起きていることは、その逆だ。

サディアスの手が這わされるたび、指の感触を味わうたび、じわっとどこかが濡れる。

その、どこか、というのをアシュリーはとっくに分かっていた。

サディアスの手が左右の膝にかかり、ゆっくりと大きく開かせていく。恥じらって閉じようとする力は、男の手によって阻まれる。アシュリーの秘めたところは既にぷっくりと花を膨らませ、艶やかに濡れていた。

見られてしまったのがきまり悪くて、アシュリーはぎゅうっと瞼を閉じた。再び内腿に力を込めてみたけれど、サディアスの手に易々と開かされ、じっくりと眺められている様子が伝わってくる。

「ああ、清めたはずなのに、蕾が綻《ほころ》んで……甘い蜜が、滴《したた》ってしまっているね」

アシュリーの秘所に、サディアスの長い指が、つーっと這わされる。ビクンと跳ね上がするアシュリーをよそに、サディアスの指は濡れた花弁を開き、蜜壷にくちゅりと指を挿入する。

溢れだしている透明な液体を、媚肉全体に塗り込め、ひくひくと戦慄く花芯を転がした。

「あ、ンっ……あっ」

指の腹が這わされるたび、焼けるような快感が駆け上がり、アシュリーの白い喉は反らされ、乳房がぶるりと揺れる。

「……おにい、さま、……それ、やぁ、……」

「いや、じゃないだろう？　望んでいるんだ、おまえは。ああ、いやらしい子だね、アシュリーは。いつからこんなふうになったのだろう」

くるくると円を描くように指の腹で花芽を弄られ、アシュリーはいやいやと首を振る。耐え難い快感に、底なしの欲望がぽっかりと開いていく予感がした。

「ちが、いやらしく、なんて……」

「違わないよ。ここが濡れるのは、おまえがいやらしいからだ」

サディアスの指は責めるように花芽を弾く。

「……ふ、あっ……っ」

「疼くのはここだろう？　ほら、正直に言わないと、ひとつずつ確かめていくけど、いいのかい？」

　焦らした指の動きは、もはや拷問だった。

「じゃあ、言ってごらん。望むように」

　アシュリーは首を横に振り、羞恥心など構っていられず、思うままに甘い声をあげた。

「はぁ、……うん、……もっと……」

「もっと、何だい？」

「……あぁ、……して、ほしいの……っ」

　告げた途端、羞恥心と熱で身が焼かれ、全身から汗が噴《ふ》き出した。

　サディアスは満足げにうっそりと微笑む。

「いい子だね、アシュリー。そうして素直になってごらん。いやらしいことは悪いことじゃない」

　今のアシュリーにとってサディアスの言葉は、魔法のようなものだった。

「ご褒美をあげよう。指で触るよりも、ずっと気持ちいいはずだ」

　サディアスはアシュリーの開かせた脚の間に埋まり、今度は指の代わりに、震える花弁にそっと舌を這わせた。

　ピチャ、といやらしい音が響き、花筒がきゅっと絞るように媚肉をうねらせていた。

「はぁ、……あっぁぁ……」

　サディアスが予告したとおり、指で擦られていた時の何倍もの快感が、アシュリーを襲う。

　アシュリーは思わず腰を揺らして身じろぎするが、サディアスは彼女の膝を押さえつけて、埋め込んだ舌先をぐにゅりと媚肉の割れ目に押し込む。

「あ、ぁっ……」

　陰唇を吸われ、舌が花弁を拓かせ、蕾にぬぷりと挿入される。あまりの快感にアシュリーの唇からは唾液が零れ、瞳からは涙が溢れていた。あっけなく達してしまいそうなほど、ひくひくと戦慄き、蕾をぱっくりと開かせている。

「ほら、気持ちいいだろう。もっと舐めてあげるよ」

　内腿に舌をぬるりと這わせ、付け根を吸い上げる。そうしてまたぽってりとした花弁に舌をゆっくりと進めていく。鋭い快感と、もどかしい欲求が、底なしに突き上がってくる予感がして、アシュリーは全身を戦慄かせる。

「ふ、ぁん、……あ、……」

「……ん、……あぁ、溢れてくる。舐めるのと、吸われるの、どっちが悦いんだろうね、おまえは」

「はぁ、……はぁ、……っ」

「答えられない？　どちらも悦いなんて、ほんとうは貪欲なんだね、おまえは」

じゅるっと啜るように吸われ、伸びてきたサディアスの手に乳房を揉まれ、アシュリーの腹部がうねる。あまりの快感に仰け反ると、勃起した乳首を捏ねまわし、同時に花芯に舌をくりくりと擦りつけてきた。

「あぁ、おにい、さま、……でちゃ、……あぁっ」

「何が出そうなんだい？」

「ふっ……わか、んな、……っ……はぁ、っ……」

尿意を催して、粗相してしまいそうな感覚が、すぐ傍までやってきていた。

呼吸をするたび上下に揺れる乳房の頂は硬く張りつめ、まるで触ってほしい、舐めてほしい、と主張しているみたいだった。

「今夜は随分我が儘な姫だね。どこもかしこも触ってほしいなんて。順番にじっくりと愛してあげるから、もう少し我慢するんだよ」

サディアスの低くて甘い声はまるで媚薬のようだった。

彼の吐息がかかるだけで、頭が真っ白になりそうな愉悦が駆け上がる。

柔らかい粘膜でちゅうっと花芯を包みこみ、舌先で叩くように舐られ、叫んでしまいそうなほどの快感に、アシュリーは打ち震えた。

「ん、あ、あっ……！」

サディアスは暴れるアシュリーの腰をぐいっと引き寄せ、媚肉を割るように舌を上下に動かしてくる。そして包皮から剝き出しになった肉芽を円を描くように舐めしゃぶる。

長い舌が割れ目の中に挿入され、くにくにと波打つように動かされ、泣きたくなるほどの強い快感に、アシュリーはぶるぶると身悶《もだ》えた。

「はぁ、……ぅっ……く、……あっ……ンっ……」

アシュリーの膣孔からは蜜が惜しみなくとろとろと溢れ、臀部にまで滴っていく。

「とってもそそる匂いがするね。酸っぱくて甘くって、もっと舐めしゃぶりたくて……たまらないよ」

宣言した通りに、サディアスはひくひくと痙攣する花芯を包皮ごと吸い上げ、綻びかけた蕾から溢れる蜜を、ふっくらとした媚肉に塗り込め、舌全体を使ってゆっくりと這わせた。

何度も、何度も、下から上に、上から下に、そして左右に、円を描くように……自在に舌が動いて、ついには割れ目にまで挿入され、花芯の下に当たるほど蠢き、爆発しそうに張りつめていた花芯をちゅうと激しく吸った。

「ふ、……あっ……ぁ、……」

一瞬にして、脳が真っ白に染められてしまいそうになった。たまらず腰を動かして逃れようとするけれど、サディアスの舌の動きはやまない。アシュリーが感じてしまうツボを的確に捉え、ひくひくと戦慄く花芯を甘噛みし、真珠のように固いそこを舌先で弾く。サディアスはその一点を嬲《なぶ》り続けた。

「あ、あっ……そんなに、しちゃ……だめ、……んっ」

「ほんとはそう思ってないだろう？　いいよ、もっとしてあげる」

サディアスの唇が興奮して膨れ上がった花芽を吸い上げる。

「ちが、……ンっ……はぁ、……」

「違う？　アシュリーのここは悦いと言っているみたいだけどね」

ツンと突起を弾かれ、ビクビクンと腰が跳ね上がる。

あまりに強い快感から逃れるように、アシュリーはいやいやと首を振って喉を引き攣らせるけれど、サディアスの大きな手は彼女の細い膝の裏を押し上げ、薄い毛の下に膨らむ媚肉ごと口づけする。

「あぁ、すごい。舐めるたびにどんどん甘くなっていく。ん、……美味しいよ」

喉を鳴らして飲み込んでいる。そんなサディアスの妖艶な姿を見ていられず、アシュリーはぎゅうっと目を瞑る。

「そんな、……飲んじゃ、やっ……美味しくなんか、……」

「溢れてくるんだから、しょうがないだろう。おまえのここが、飲んでほしいと言って、流しているんだよ」

サディアスの舌が往復するたび、アシュリーの蜜壷からは熱いものがどんどん溢れて、粗相したわけでもないのに、だらしなく臀部までびっしょりと濡らしてしまっていた。

「唾液をいっぱい垂らして、いやらしい唇だ」

じゅぷっと長い舌が割れ目をなぞる。

「あ、んっ、お兄様……」

ひくひくと喉が引き攣っているような気がするのは、錯覚だ。本当に戦慄いているのは、サディアスに愛でられているところだった。

真珠のようにぷっくりと包皮を剝き出しにした赤い粒を執拗に舐めしゃぶられると、泣くような喘ぎが漏れてしまう。

「ひぅ……あぁっ……あっ！」

じゅるじゅると啜るように舐められて、薄い皮を引っ張るように吸われると、花弁がぱっくりと割れて、もっと強い快感を誘おうとしているみたいだった。

長い指の先が沈む。入り口から少し曲げられた柔襞をかき混ぜられ、視界が白み、弾けてしまいそうになる。

「ふ、あっ……！」

ざわっと背筋を撫でるような愉悦が走り、アシュリーの可憐な唇が震える。柳眉をきゅうっと寄せて、内腿をぶるぶると戦慄かせ、つま先がピンと張る。

「ここが気持ちいいのかい？」

アシュリーはぎくりとした。気づかないでほしい。感じるところを責められるような怖さに、膝を揺らして抗議した。

「あぁ、……そんなに、しちゃ、……溢れちゃ、っ」

「もうとっくに溢れているだろう。リネンもびっしょりだ。おまえがもっとして、と言うから」

恥じらうアシュリーの顔を見上げ、サディアスはふっと微笑する。

「とっても可愛いよ。もっと感じてみせて」

「やぁ、……おかしく、なっちゃ……う、……ンっ」

「いいんだよ、アシュリー。そうさせたくて、してるんだから」

どうして、おかしくなってもいいなどと言うのだろう。アシュリーには意味が分からなかった。

サディアスの舌先が剝き出しになった花芯をくりくりと弄りながら、長い指を蜜口の奥に沈めていく。

「まだまだ狭いね。ゆっくり進めよう」

堰《せ》き止められてしまっている場所を、ゆっくりとほぐすように指が出たり入ったりする。

相変わらず敏感な尖端はひくひくと痙攣していて、サディアスの指が抜け出るたびに、蜜が滴った。

赤く充血して張りつめた尖端をちゅうちゅうと吸われ、柔らかく馴染みはじめた入り口を指の腹で押されて、アシュリーはたまらず嬌声《きょうせい》をあげる。

「あ、……あぁっ……」

内部では蕾がぎゅっと締まり、蠢いていた。

以前にも感じた絶頂の予感がして、いやいやとかぶりを振る。

「あっ……お兄様っ……私っ」

「いいよ。達《い》ってごらん」

「あぁあっ……！」

ぎゅっと中が締まり、ドクンと鼓動が跳ねる。

臀部から太腿にかけてビクンビクンと戦慄く。膣壁はサディアスの指を締めつけたまま収斂《しゅうれん》を繰り返している。

ぬるりと、指が抜け出ていくと、蜜口から熱いものがとっぷりと溢れ出ていった。真っ白にふやけた視界の中、まだひくひくと痙攣している蜜口に、何か固いものがぬっと埋まった感触がして、アシュリーはビクンと打ち震えた。

「あ、……」

焦点の合わない瞳で、サディアスを見上げる。そして彼がしようとしていることに気づいた。

トラウザーズから引き摺り出されたサディアスの赤黒く猛々しい屹立《きつりつ》が、今にもアシュリーの中へ入ろうとしていた。

見たことのないほど卑猥な造形をしたそれは、さっき膣壁を弄っていた指とは比べ物にならないほどの大きさで、アシュリーの狭い入り口にすんなり入れるとは思えなかった。

本当にこのまま……？

儀式ということは分かっている。だが、サディアスは兄なのだ。

アシュリーが揺れている間にも、濡れた媚肉にぬるぬると固い尖端を押しつけられる。狙いを定めているのだという動きに、アシュリーの腰が引けてしまう。

サディアスは逃げるアシュリーの腰を強く引き寄せ、蜜口にぐいと深く押しつけた。

「あっ――」

めりっと拓こうとする動きに、怖くなる。

「待って、はいら、なっ……」

「おまえが、あまりにも興奮させてくれるから……抑えが効かなかったみたいだ。ごめん」

ずりっと切っ先が蕾を押し広げ、尖端をぐるんと掻きまわす。

「あぁぁっ……だめ、……なの、こわいのっ……」

「大丈夫。怖がらないで。女の身体はね、ちゃんと受け入れられるようになっているんだよ」

「やっ……いたっ……」

ぐちぐちと狭い処女肉が拓かされていく。

ねっとりと蜜を絡めながら、グチュグチュと丸い雄芯を出入りさせる。そして、さらに奥に進もうとぐっと力が込められ、アシュリーはぎゅっと身を縮めて、肩口を揺らした。

「ああっ……ンっ……はっ……はぁ、……」

「……痛いね。あと少しだから、力を抜いて」

そう言われても、どうしたら力を抜くことができるのか分からなかった。勝手に身体が強張って、侵入を拒むように入り口が狭まる。それでもサディアスの肉塊は止まろうとしなかった。

めりめりと肉が広がっているような、鋭利なナイフで皮膚を焼かれているような、不思議な痛みに、アシュリーは息を詰める。その間にも、狭い空洞にゆっくりと熱の塊が押し込まれていく。

「ほら、……おまえの中に入っていく」

ゆったりと腰を上下に揺らして、猛々しい怒張《どちょう》を引き摺り出し、奥にまた沈める。その繰り返しをしながら、サディアスはアシュリーの張りつめた花芽をくにゅくにゅと指で慰めた。

きゅっと花筒が締まり、兄の肉棒が埋まっている感触をよりいっそう感じてしまう。

「ふ、ぁっ……ぅっ……」

「……っはぁ、……おまえの中、たまらないな」

切なげに吐かれるサディアスの本音が、アシュリーの身も心も熱くさせる。

「おにい、さま……はぁ、……ン、あぁ……」

ずんっと奥を貫くように進められ、じんじんと鈍い痛みが広がっていくのを感じた。

「あぁ、……おまえの奥、とても熱いよ」

「は、ぁ、……、あっ……」

「分かるかい？　僕がおまえの中に入っていること」

アシュリーは頷くだけで精一杯だった。

何一つ隔てるものなくサディアスを感じた。

とても熱い、熱の塊が、お腹の中心に埋まっていることを。彼の分身が昂って脈を打っていることも。その形も何もかも。

下肢を見れば、彼の腰骨がぴたりと合わさり、卑猥な形をしたものは姿が見えなくなっている。すべて、中に彼を受け入れたのだ。

「あ、……ぜんぶ？」

「あぁ。おまえの中に全部、はいってる」

アシュリーがホッと胸を撫で下ろすと、サディアスが眉を下げた。

「アシュリー、こうして繋がるだけでは、終われないんだ」

分かっている。こんな状態のままでは、終われないということをアシュリーも直感していた。

構える間もなく、ずるりと引き摺り出された肉棒が、もう一度ゆっくりと押し広げるような動きで抽挿される。ずぷ、ずんと、抜き差しを繰り返されて、喉の奥が引き攣りそうになる。

「……っ……あぁ」

何ていう圧迫感なのだろう。下腹部からみぞおちにまで這い上がってくるほどの大きさが感じられる。

このまま貫かれ続けたら、死んでしまうのではと思うほど酷いことをされている気がするのに、それでもアシュリーが頼りたくなるのは、目の前の男だった。

「あ、っ……お兄様、……はぁ、……っ」

どうにかしてほしい。痛みも疼きも火照りも。縋るような声で、アシュリーは喘いだ。

「アシュリー、ゆっくり動くよ」

この熱の楔《くさび》が果てるまで、その行為は続けられるのだろう。アシュリーにはその先が想像つかない。じんじんと続く苦しみが永遠のものに思えた。

馴染《なじ》みはじめた蜜道を、熱い肉茎が前後し、緩慢な抜き差しをする。やがて強弱をつけて臀部を打つほど揺すぶられる。

サディアスの熱杭を押し込まれるたび、粘膜が熱く潤んで、身体の奥から痺れるような疼きが広がる。

「あ、……ぁっ」

　さっきまで引き攣れるような痛みがあったはずなのに、今度は別の感覚がアシュリーを戸惑わせる。穿《うが》たれるところから甘い愉悦が駆け抜け、あまりの快感にちかちかと視界が白んだ。

　サディアスの雄心が奥に当たるたび、たとえようのない切なさで涙がこみ上げてくる。彼も苦しいのだろうか。秀麗な顔立ちがきゅっと眉を寄せる様には、たとえようのない色香が漂う。互いを感じ合い、ひとつに結ばれる、ということは……こんな気持ちなのだろうか。

　ずっとずっとそうしてほしかった。

　もっと突いてほしかったし、もっと深く沈めてほしかった。

　永遠に結ばれる相手が、サディアスならば……そんな秘めた想いを抱きながら、アシュリーはサディアスに縋ってしまいたくなる。

「何を望んでいるのか、言ってごらん。それも大事なことだ」

「……もっと、……」

　気づいたらそんな言葉が零れだしていった。内部で熱の塊がより張りつめた気がした。

「もっとだなんて、可愛いね、アシュリー。あまり煽らないでくれるかな。これでも、痛くしないように抑えているのだから」

もしかしてサディアスは別の言葉を想像していたのだろうか、とアシュリーは淫らに感じてしまっている浅ましい自分が恥ずかしくなる。だけれど、それ以上にもう歯止めが効かなくなっていた。

熱の楔がずんずんと突き上げられ、サディアスの声が掠れていくのを聞きながら、どうしたらいいか分からないもどかしさで泣きだしてしまいそうになった。

「はぁ、……あっ……だって、もうっ……」

「分かってるよ。達ってしまいそうなほど気持ちいいんだね。僕も同じだ。おまえの中があまりにもよくて、気が狂ってしまいそうだ」

「いた、い……のは、やっ……なの」

「痛くなんてしないよ。ゆっくり時間をかけて、おまえを味わいたいからね」

ゆさゆさと揺すぶられ、ベッドが軋《きし》む。

痛くならないように配慮しながらも、サディアスの亀頭は的確にアシュリーの感じるところを探して丁寧に突き入れられる。

「は、っ……あっ……」

乳房は揺れ、下腹部はうねり、そしてつま先もゆらゆらと浮いていた。

腰をいっぱい引き寄せられ、肉と皮膚が打ち合う音が激しく部屋の中に響いていた。

快感と共に駆け上がってくるものは、愛おしい人への想い。

アシュリーはサディアスとひとつになれる悦びを感じながら、同時に果てを見てしまうことを拒んだ。

「待って、お兄様……」

「アシュリー……僕の可愛い姫……。ああ、……本当に、おまえと結婚できる男は……幸せ者だね」

愛おしげに髪を撫でられて、唇を貪られる。口腔を弄る舌の動きと共に、半身を叩きつけるように抽挿される。

「ん、……はぁ、……」

鈍い痛みも、裂けるような痛みも、今はもう感じなかった。

奥に穿たれるサディアスのものを感じて、もっともっとと貪欲に蠢いている。

「物足りないっていう顔をしているね、アシュリー」

「そんな、……こと、……な、……あぁっ」

ずんっと奥を突かれて、びりびりと痺れが走る。

「あぁ。随分と馴染んだものだね。僕にぴったりと吸いついてきて」

媚肉を割って押し込まれる剛直が、ぐちゅぐちゅと夥《おびただ》しい蜜を迸らせる。割れ目の先でひくついている花芽を指でぐにゅりと潰されて、喉の奥がひくんと引き攣れた。

「ん、あぁっ……」

熱い楔を締めつける内部が、うねうねと蠢く。

熱っぽい瞳で見下ろし、余裕の顔を見せていたサディアスが、少しずつ息を乱し、自分でも抑えが効かないといったふうに腰を振りたくりはじめる。

サディアスに求められている。彼に欲せられている。そう感じるたび、身も心も悦びで満ちていく。同時に、永遠かと思われた時間に、終わりがくる予感がしていた。

「ああ、もうすぐ……」

アシュリーの中が蠕動《ぜんどう》するように蠢き、サディアスの熱が膨らんでいく。

これまでにないほど余裕を失くした獰猛な衝動に、アシュリーは泣き縋った。

「や、まって、……おにい、さま……いっちゃ……やっ」

濡れた柔襞をいっぱいに押し広げた肉棒が、アシュリーの最奥まで思うがまま突き上げる。

身体が突き放されてしまいそうな浮遊感に、眩暈がした。

このままサディアスがどこか遠いところに行ってしまうような気がして、アシュリーは必死で背中にしがみついた。

「いかな、……いで、ずっと……いて……あぁっ……」

「僕も、ずっとこうしていたいけど……アシュリーっ……くっ……」

いつも艶然として余裕に満ちている彼が、我を忘れるように淫らに激しく自分を求める。初めて見る表情に愛しさが募り、これからもずっとそうして求めてくれたらいいのに、と願いたくなる。

ずっとずっと傍にいて。

ずっとずっと好きと言って――。

「あ、……ふぁ、っ……お兄様っ……」

好きだと、言ってしまいたかった。

けれど、今にも昇りつめてしまいそうな快感に邪魔されて、言葉が出てこない。

アシュリーの中は貪欲に彼に絡みついていた。激しい荒波に揉まれるように無我夢中で腰を振りたくるサディアスの動きに合わせ、アシュリーも自然と腰を打ち付けていた。

アシュリーの唇からは意味をなさない喘ぎ声ばかりが漏れ、サディアスの体温を感じる以外に、何も考えられなくなっていった。

「あぁあっ……！」

細い身体を突き抜けていく激しい快感に、ふわりと浮遊感を感じ、喉の奥が引き攣る。同時に最奥まで突き入れたサディアスの剛直が膨れ上がり、熱い飛沫《しぶき》をあげる。そのまま彼は自身を抜き去り、アシュリーの腹の上に熱い精をどっぷりと迸らせた。

「……っ……あぁ、アシュリー……」

「……はぁ、……はっ……はぁ、……」

吐き出された精は腹から太腿を伝い、リネンに零れていった。

アシュリーは放心したまま、サディアスの広い背に抱きついた。頭の中に白い靄《もや》がかかっているようだった。

「——あぁ、これでおまえは……無事に花嫁になれるよ。よかったね、アシュリー」

サディアスは乱れる吐息を抑えこみながら、アシュリーの唇にキスを落とした。互いの身体がゆっくりと弛緩《しかん》していく。

蕩けきった身体に、汗が流れていく。組み重なる体温、愛おしい匂い、優しく塞がれる唇。

これが、さよならのキスということになるのだろう。

アシュリーの体内からこぽりと残滓《ざんし》が流れてくる。そして彼女の大きな瞳からは、まるで青珠石《サファイア》のような涙の滴が零れ落ちていった。

第五章　見破られた純潔

予定通り、イリウム王国から招待状が送られてきた。

それはアシュリーとの婚前パーティのお知らせだった。

舞踏会には国王に代わって兄のサディアスが出席することになっている。他にも近隣諸国の王族や貴族が集う盛大な宴《うたげ》になることが予想されていた。

王族の紋章を掲《かか》げた立派な箱馬車に乗り込み、サディアスとアシュリーはお茶会の時のように半日かけてイリウム王国を訪れた。

宮殿の外には箱馬車が並び、素晴らしいドレスを着飾った淑女、燕尾服《テールコート》や盛装をした紳士たちの姿が大勢見られた。

祖国に帰りたいと願っても、もうあの時のようには戻れない——。

この日のために贅《ぜい》を尽くした豪奢なドレスに身を包んだアシュリーだったが、彼女の顔は浮かなかった。白い手袋を填めた華奢な手が震えている。

ここに到着するまでの間、断首刑を言い渡されて断頭台にあがるような気持ちであったと言ってもいいほど、絶望の淵《ふち》に立っていた。

今夜、婚礼の儀式が待っている。そしてアシュリーはステファンのものになる。

恐れていた日がやってきてしまった——。

馬車に揺られる中、隣にいるサディアスは何も話そうとしなかった。

いつもなら、アシュリーを励まし、慰め、優しく諭《さと》してくれるはずのサディアスが、一言も口にしない。

もう役目は果たし終えたということなのだろうか。

本当に最後……。

そう思えば思うほど、胸が張り裂けそうになる。

アシュリーが思い出すのは、兄であるサディアスとの清らかな時間、そして甘く囁かれた睦言、激しく求め合ったひととき、熱く見つめる眼差し、胸を焦《こ》がすような甘い想い。

（こんな気持ちのまま、結婚しなくてはならないなんて……）

もう、サディアスとは一緒にいられない。そう思えば思うほど、胸が張り裂けそうに痛くなった。

舞踏会がはじまり、会場の大広間《ホール》に案内されたあとも、宮廷楽団の素晴らしい音楽や豪華な料理などには目もくれず、アシュリーは沈鬱な顔を浮かべたままバルコニーの外に逃げるように身を潜めていた。

まだアシュリーは紹介されていない。この国の民にお披露目《ひろめ》されるのは、儀式をすべて終えたあとだ。

「レディ、一曲、お願いできますか」

誰かに声をかけられて、アシュリーは弾かれたように顔をあげた。

声をかけてきたのは、心の中の想い人……サディアスだった。

彼は柔らかく瞳を細めて、アシュリーに手を差し出した。

「今夜が最後になるかもしれないから、どうしても踊っておきたくてね」

最後、だなんて——。

「……そんなことを言わないで。寂しくなってしまうわ」

「さあ、哀しい顔をしないで。おまえはこれから、幸せな花嫁になるのだから」

幸せな花嫁、本当になれるの——？

サディアスは白い手袋を填めたアシュリーの手にキスをし、ワルツの調べを優雅にリードする。

豪華なシャンデリアが吊《つる》され、大理石の敷きつめられた床が煌めく。

ワルツの輪の中心に、二人は入っていく。

アシュリーは美しい兄の盛装に見惚れながら、自分の想いがどこにあるのかを今さらになって思いしらされた。

サディアスの手に力強く引き寄せられ、それから何度もターンをし、そのたびに彼の胸に飛び込む。その繰り返しのたびに、胸がときめいて、ざわついて、たまらなかった。

もうすぐ曲が終わってしまう。

どうか、終わらないで——。

そんなアシュリーの願いも虚《むな》しく、曲は終わり、とうとう手は放されてしまった。

アシュリーは社交界のマナーとして、ドレスを少しあげてお辞儀をする。けれど、気の利いた言葉が、何も出てこない。

「アシュリー……おまえの幸せを願っているよ」

サディアスはにっこりと微笑みを向けて、アシュリーの手袋の上にそっとキスをした。

「お兄様、私……」

待って、行かないで——喉元まで出かかり、今にも駆けだしそうなアシュリーのもとに、王室に仕える侍従がやってくる。

「アシュリー様、お召し替えのお世話をさせていただきます。こちらへどうぞ」

――死刑執行だ。そんな思いで、アシュリーは重たい足を向ける。

「さあ」

サディアスに促されて、アシュリーは背を向けた。

（さようなら。お兄様……）

自分に言い聞かせるように、アシュリーは心で唱えた。

◇◇◇　◇◇◇　◇◇◇

侍女に着替えさせられたナイトガウンは、純白のなめらかなシルクで、胸の下にギャザーがついてあり、スカートには精緻な刺繍でカットワークされた飾り裾がついている。

どこもかしこも清らかに包まれて、夫となる人に差し出される準備がなされていた。

あとは夫となる人に身を任せればいいだけだ。

部屋で落ち着きなく待っていると、まもなくステファンがやってきて、彼は侍従を下がらせた。

アシュリーは全身を強張らせ、今さら逃げ道を探す。

もう、どこにも隠れる場所もなければ、逃げだすところもない。

ステファンは一歩一歩ゆっくりと近づき、ぎこちなく身を固くしているアシュリーの肩をぐいっと強引に掻き抱いた。

「さあ、我が花嫁」

プラチナブロンドから覗く勝ち気な目元、嫌味なほど高い鼻梁、傲慢な唇……、とても強くて熱くて。男の欲望に満ちた手だ。アシュリーはぞくっと身震いがした。

ステファンは部屋の続きになっている閨《ねや》へ誘う。

「アシュリー姫、そう固くなるな。私がうまく教えてあげよう」

髪の毛先にすっとキスをされただけで、ぞわりと総毛立つ。

肩からガウンを脱がされ、唇が肌に滑り落ちてくる。

「……っ」

今からこんな状態でどうするというのだろう。

大丈夫……我慢していればすぐに終わるはずだ。破瓜の痛みは、サディアスが受け止めてくれた。一番大切な関係は、兄と結べたのだから。そう、これはただの儀式だと思えばいい——いつしか慣れてどうも思わなくなる——いつしか……。

アシュリーは心の中で呪文のように唱え、瞼をぎゅっと閉じた。

人形のように横たえられた身体の上に、ステファンの重たい体躯が組み重なる。

「あ、……」

思わず声が出てしまった。

「なかなかいい声を出すじゃないか」

いやだ、そんなつもりじゃなかったのに。感じているわけでもないのに、誤解されたくない。

兄とは違った身体。筋肉のつき方もきっと違う。

肌も、体温も、愛し方も、きっと……。

今さらになって、恋しさが募る。

アシュリーは緊張よりも恐怖で身体を強張らせたままだった。

しかし、固く閉じていた唇は強引に奪われ、ステファンの肉厚な舌に抉じ開けられ、たどたどしい舌を絡められてしまう。

いや、そんなふうに絡めないでほしい。

そんなふうに記憶を掻き消さないで——。

「ん、……っ」

これからもこの人とキスをして身体を合わせなければならないのだと思うと拷問のように思えて、アシュリーは泣きだしてしまいそうになる。

ステファンの武骨な手が肌を滑っていき、隅々まで触られていく。脚を開かされて下穿きを脱がされ、下肢へ指が這っていく。まだ濡れてもいない浅い茂みの奥に指の腹が埋まろうとする。

怯える目で見上げ、よりいっそう強く強張らせると、愛撫していたステファンの手が突然止まり、訝しげに眉を寄せた。

「——あなたは純潔ではないな」

凍りついたような瞳で見下ろされ、アシュリーはふるふると首を横に振った。

「私の目はごまかせない。どうしてここにキスの痕があるんだ」

憎らしげに内腿に指を這わされ、アシュリーの臀部がびくりと跳ね上がる。不意にサディアスに抱かれた時のことが断片的に思い出された。おそるおそる内腿へと視線をやる

と、たしかにそこに赤い華が咲いていた。

「あなたは……私を裏切ったのだな」

ステファンはアシュリーの細い顎を摑み上げ、睥睨《へいげい》する。首を絞《し》めかねない形相に、アシュリーは狼狽した。

「そんな、裏切ってなんか……」

「そんな清純な顔をして、あなたが男をたぶらかす嘘つき女だったとは、とんだ誤算だったな……私をごまかせると思うのか」

なぜステファンが怒っているのかアシュリーには分からなかった。

ふと、アシュリーの脳裏に清めの儀式が浮かぶ。

「私が身体を晒したのは、清めの儀式の時だけです」

「清めの儀式だと？　何を訳の分からないことを言っているんだ」

アシュリーの顔は真っ青になってしまっていた。

まさかこの国では違うのだろうか。ステファンの様子からすると単に頭に血が昇ってしまっているというだけではなさそうだ。

ステファンは表情を強張らせたまま寛衣を羽織り、アシュリーに命じた。

「ここから今すぐに出ていけ。ふしだらな花嫁には興味がない」

婚礼の儀式の証人として控えていた二人の従者が、突然閨の扉が開かれ、飛び上がるように驚いていた。

「いかがなさいましたか、殿下」

「どうやら思い違いだったようだ。この女を突き返せ」

憤懣《ふんまん》やるかたないといった様子のステファンに、従者は戸惑いながら、アシュリーを取り囲む。

バルコニーで葡萄酒を飲んでいたサディアスが、騒ぎを聞きつけ、アシュリーのもとにやってきた。

「何か問題でも？」

「これはこれは……サディアス王子。問題があるのは彼女だ。結婚はとりやめだ。純潔でない女と婚儀を執り行うわけにはいかない。まさか王家を略取するつもりではあるまいな？」

ステファンは両腕を組んで、睥睨《へいげい》している。アシュリーだけではなく、身内のサディアスを疑っているのだろう。

「何の御冗談をおっしゃるんでしょう？　アシュリーはたしかに純潔です。失礼ですが……、経験のない者では間違えることもあるようですが……しっかりと確かめられたのですか？」

　サディアスがステファンを気遣って小声で言ったことが、かえってプライドを傷つけたようだった。かっと血が昇ったような表情を浮かべ、低い声で返す。

「私に抜け目はない。ここで隅々まで拓かせて確認しても構わないとおっしゃりたいのかな」

　今にも腰鞘におさめてあるサーベルを引き抜きかねないほど激昂しているステファンに対し、サディアスは冷淡に反論する。

「聞き捨てならない言葉ですね。濡れ衣を着せられたうえ、このような侮辱を与えられるとは。大変遺憾なことだ」

　サディアスはそう言い、アシュリーの肩を抱きしめた。

「さあ、殿下はおまえを花嫁にお望みではないようだから、早急に帰らせていただこう。なんて可哀想な子なのだろう。濡れ衣を着せられ、さぞ傷ついたことだろうね」

　そう言うサディアスは、尋常でないほど殺気立っていた。常に尊大な態度をとるステファンでさえ閉口して怯むほど、瞳の奥に憎悪を滲ませている。

「ステファン王子、私とて、妹を侮辱するような男に、やるわけにはいかない」

　言い合いが続くと、次第に宮殿にも噂が流れ、ざわつきはじめた。

サディアスは憤慨した様子でアシュリーの肩を抱き、大広間からウォルナットの階段を駆け下り、兵が制止しようものなら振り切り、ぐんぐんと外広間に出ていく。普段から声をあげるようなことなどない穏やかなサディアスなのに、今日の彼の横顔は怒気に満ちていた。

「お兄様」

アシュリーは不安になって、声をかける。だが、サディアスは一向に歩むのを止めない。

「いいから、おまえは僕についておいで。こんなところ一刻も早く出ていくんだ」

靴が脱げてしまいそうになりながら、アシュリーは必死でついていく。

サディアスは厩舎《きゅうしゃ》に停めていた馬車の警備兵に声をかけた。

「急用ができた。すぐに馬車を出してくれ」

「はっ、かしこまりました」

明日の朝に出立すると告げてあったため、兵が慌てて準備をし、サディアスとアシュリーをのせた馬車は、門が閉められてしまわないうちに、イリウム王国の王城を出ていく。

馬車の中で、アシュリーの顔は蒼白になっていた。

「どうしよう。あんなふうに……言ってしまってよかったの？　舞踏会は？　もしも……ベーゲングラードとイリウムが戦争になってしまったらどうするつもり？」

あの男を怒らせて、ただで済むとは思えない。

馬車の中で、アシュリーの顔は強張り、細い肩はカタカタと震えていた。

「そんな愚かなことをするとは思いたくないね。女をうまく抱けなかったことを理由にヒステリックで戦争を起こすようなやつならば、国の末路が見えようものだ」

サディアスはいつものように冷静だった。

——それは怖いほどに。

嵐が起こる前の静けさを湛えて、何かが近づいてくる不気味な予感を抱かせる。

何か、それは分からないのだけれど。

「こうなったのは私のせいだわ」

「おまえは何も気にしないでいい。ほとぼりが冷めるまで黙っていればいいよ」

サディアスはそう言い、アシュリーの頭をぐいっと彼の方に引き寄せる。それから、いつもしてくれるように額に唇を寄せてくれた。

柔らかな唇から温かな感触が伝うと、ホッとしたものだった。

けれど、いつもよりも長く押し当てられる口づけに、アシュリーは戸惑う。

「おまえは誰のところにも行かないで、僕の妃になればいいんだ」

サディアスは抑揚のない声でそう言い、愛おしげにアシュリーの唇にすっと指を這わせる。

冗談を言っているのだと思い、アシュリーはサディアスを見上げたが、彼は少しも表情を緩ませない。

「そうすればいいよ、アシュリー。小さな頃、約束しただろう。おまえは僕の花嫁になると」

混乱しているにもかかわらず、涼しい顔をして酔狂なことを言い出す兄の様子に、アシュリーは狼狽した。慰めるために言っているのだとは思えない雰囲気だったからだ。

「お兄様……」

小さな頃に、結婚式の真似事をしたことがあった。

白い花をティアラに見立てて、アシュリーは花嫁になった。

赤い花を王冠にし、戴冠式ごっこをして、サディアスは国王になった。

でもそれはまだ大人の事情など知らなかった遠い日の幼い約束だ。

「兄妹は結婚できないもの。たとえ私がお兄様を大好きだとしても」

そうできたなら、どれほどよかったことか。

たとえ、心からそう願っていても、叶うはずなどない。

だから、諦めようとしているのに……。

「随分、興ざめなことを言うんだね。その気持ちは、妹としての気持ちだけだったのかい？」

人が変わったように、一段と低い声で、サディアスが問いかけてくる。

「え？」

アシュリーは驚いてサディアスの顔を見上げた。彼の表情が忌々しげに歪《ゆが》んでいて、ゾクリとする。それが誰に向けてのものなのか、ひとつだけではないように感じられた。

「そんな怯えた顔で見ないでくれるかな。あんなに僕を感じていたくせに。そんなにあいつのところにお嫁に行きたいのかい？　だからそんな哀しい顔をしているのかな」

「お兄様……」

「おまえにそう呼ばれるたびに、僕はどんな気持ちだったか……考えたことはあるかい？僕はね、あいつにおまえをとられないようにしてやったんだよ」

アシュリーは愕然《がくぜん》として、何も言葉にならなかった。

「いいかい？　清めの儀式なんて嘘だよ。おまえはすぐに僕を信用する。素直なところが可愛いのだけれどね」

喉の奥でくっと冷淡に笑うサディアス。

「嘘？」

「ああ、嘘だよ」

サディアスは冷徹な表情のまま、そう言い放った。

「そんな……」

――目の前が真っ暗になる。

アシュリーは裏切られたショックで、唇を震わせた。

「キスをしても、身体を触っても、僕を許してくれた。おまえはとっても素直でいい子だったね」

「ひどいわ。嘘をつくなんて……どうして、そんなことを……！」

「おまえだって、その気になっていたじゃないか。まんまと騙されて……、僕の言うことは何でも聞いてしまうんだから。あんなに感じて……濡れて、乱れて？」

耳の傍でそう囁かれ、アシュリーの頬に熱が走る。

「……っ」

「まぁ、儀式については、あながち嘘というわけじゃないかな。大昔はあったんだよ。父や兄、時には聖職につく権力者が、娘や妹の初夜を手助けする。やがてそれは忌み嫌われることになって、その風習はなくなったけどね」

アシュリーはゾッとした。

こんなに黒い感情を剝き出しにした兄を見るのは初めてだ。いつも穏やかに優しくそっと寄り添ってくれていた彼からはとても想像がつかない。

サディアスは胸のあたりまで伸びているアシュリーの髪の毛を束ねて、そこにキスをする。

「僕はおまえを愛してるだけだよ。愛しくてたまらなくて、気が狂いそうだった。おまえが、他の男に抱かれる……他の男のものになると考えるだけでね。何度あいつを殺してしまいたいと思ったことか。だっておまえは僕のものなんだから。他の男が触れるのはおかしいだろう？」

「おにい、さま……」

初めて打ち明けられた兄の狂気的な愛に、アシュリーの顔からは血の気が引き、立っているのもやっとだった。

キスをしたのも、身体に触れたのも、女として自分を見ていたということ……。

数々の淫らな行為を思い返し、アシュリーは混乱で頭が真っ白になってしまう。

「そんな、どうして……」

「アシュリー、僕はおまえが好きなだけなんだ。だから……おまえを傷つける者は許せない。おまえを手放したくない」

熱を孕んだ、真剣な瞳。

「僕を愛しているのなら、一緒についてきてほしい」

握られた手に力がこもり、アシュリーは弾かれたようにサディアスを見上げる。有無を言わせない迫力に、アシュリーは息を呑んだ。

もう兄からは逃れられない。そんな恐怖心が這い上がってくる。

それと同時に、このまま兄に奪われてしまいたいという欲求が湧き上がってくるのも感じていた。

いけない、警鐘《けいしょう》が頭の中で鳴る。それでも、強く引き寄せられてしまう。

サディアスに身も心も委ねたのは、これまでサディアスを慕い、兄を信じて疑わなかった……というよりも、きっと彼と同じように恋い焦がれていたからだ、とアシュリーは改めて思う。

アシュリーはサディアスの手をきゅっと握り返した。

愛している。

その気持ちを押し通してついていけるのなら、そうしたい。

許されるのなら、否、許されなくても——。

アシュリーは意を決して告げた。

「お兄様のことが、とても好きよ……だから、ついていくわ」

「……いい子だね。アシュリー。僕もおまえのことが、とても好きだよ」

ご褒美の口づけを与えられ、アシュリーは瞼をそっと下ろした。

何度も、何度も、唇を食まれ、深く舌を絡めながら、その心地よさに身を委ね、互いにきつく抱擁し合った。

ベーゲングラードに入ったあと、サディアスとアシュリーは馬車から下りたその足で、厩舎に向かった。どこに行くのか、と二度は聞けない雰囲気で、アシュリーはただ黙ったままサディアスについていく。

アシュリーは馬の背にのせられて、サディアスが後ろから手綱《たづな》を引く。そして彼の足が鐙《あぶみ》を蹴った。

連れていかれたのは、城内でも馬にのらなくては辿り着けないほど離れた古い塔の中だった。

第六章　狂気的な愛

　二人は馬から下り、荒廃の進んだ塔の中に入っていく。宮殿と比べると薄暗くて不気味だった。けれど、中はきちんと手入れがされていて、美しい内観が保たれている。燭台には蝋燭《ろうそく》の火が灯されていないので、サディアスの手をしっかりと握って、躓《つまず》かないように薄暗い廊下をそっと歩いていった。

「……ここは？」

　見たことも訪れたこともない場所を、アシュリーはおそるおそる見渡す。

　サディアスは長い廊下を歩いた先のひとつの部屋の前で立ち止まった。幾何学《きかがく》的な模様の描かれたドアを開いて、アシュリーを中に通す。

　入るなり、閂を閉められ、アシュリーは肩をびくっと震わせた。

薄暗い部屋だけれど、月光が煌々《こうこう》と入ってくるために、互いの顔も身体もはっきりと見える。

一体、サディアスは何を考えているのだろう。彼の表情からは感情が伝わってこない。

「ここなら、内鍵を閉めれば、もう誰も入って来られない。もっとも、この場所を見つける者もいないだろう。今は使われていない場所だからね」

サディアスは近づき、アシュリーの細い腰を抱き寄せる。

「お兄様……」

怖々と見上げると、サディアスは口づけをねだった。

「アシュリー、僕はこれから思うままにおまえを抱く。嫌だと言っても途中でやめない。ここについてきたということは、それでもいいということだね?」

情熱の灯った宣言。愛を語る瞳。

そんなサディアスを見つめ返し、アシュリーは頷く。

「もしもいやだと言っても、閉じ込めたまま出すつもりはなかったけど」

サディアスはそう言い、アシュリーの柔らかい髪を撫で、こめかみに唇を寄せる。

「あの、私、ずっと……お兄様のことが好きだったわ。でも……」

アシュリーはサディアスの背中に手を這わせた。

「アシュリー。僕も素直で健気《けなげ》なおまえのことが、ずっと好きだったよ」

瞼にちゅっとキスをされて、ドレスの組み紐を解かれていく。

純白のドレスが、月明かりでキラキラと煌めく。

もうここまできたのだから、止められない。

心が、身体が、愛する人を求めて熱を走らせている。

唇を深く奪われる。それは息もつかせぬほどの激しい口づけ。

唇から顎まで舐められ、そのまま首筋に舌が這う。

「……ふ、はぁ、……」

「こんなに綺麗な身体なのに……やつはどこに目がついているのか。もしも僕がやつなら、知らないフリをして純潔を認めてあげることぐらい、容易いことだったのに……狭量《きょうりょう》な男だね」

「……もう、……あの人のことは言わないで」

「ごめん。そうだったね。今は二人きり……僕のことだけを考えていればいいよ」

ドレスの組み紐を解かれ、コルセットも緩められていく。一つ一つボタンを外されて厚い布を腰のあたりに感じると、豊かな乳房が露《あら》わになった。

「ボタンをひとつずつ外していくのが、もどかしいぐらいだよ」

サディアスはそう言い、アシュリーの柔らかな乳房に口づけながら、ドレスを脱がせていった。

後ろを向かせられ、うなじから背中へ舌が這わされ、ゾクっと震えが走る。

「あっ……」

ベッドに倒れ込むと、たわんだ乳房を後ろから揉み上げられ、上着を脱いだサディアスの熱い肌が、背に覆いかぶさってくる。

耳殻を舌でなぞられ、熱い吐息と共に囁かれた。

「アシュリー、……おまえは、これが欲しかったんだろう」

サディアスの腕に腰を持ち上げられ、アシュリーは驚いた。

トラウザーズから引き摺り出された彼の固い肉棒が秘所にぐにゅりと押し当てられる。

ぬぷ、と尖端が入り込み、アシュリーは慌ててリネンを摑み、きゅっと尻をすぼませた。

「ん、あっ……まって、……こんな格好、……」

「……ごめんよ。僕も待ってられないんだ。おまえを抱きたくてたまらない」

性急にそうされるとは思わず、アシュリーは慌てて身構えた。

サディアスの膨れ上がった肉棒が、アシュリーの可憐な蕾を押し開き、無遠慮にずぶりと埋め込まれていく。

「……あ、ぁっ……！」

ゆっくりと処女を拓いた時とは異なり、挿入してすぐに腰を揺り動かしはじめられ、激しい愉悦に震撼する。

「あっ……、まって、ん……」

アシュリーは背を仰け反らせ、リネンをぎゅっと強く握りしめる。

「待てないって言っただろう。ほら、おまえだってたっぷり濡れてるじゃないか。くっ、……ああ、……すごくいいよ。アシュリー、おまえの中はやっぱり最高だ」

陶酔《とうすい》しきったような声を漏らし、サディアスはアシュリーの中を捏ね回すように熱棒を押し込む。

「あ、あっ……」

乳房を揉み、お尻を撫でまわしながら、サディアスは激しく腰を揺さぶる。

アシュリーは抽挿されるたび、きゅっと内側が締まるのを感じながら、甘い息を吐いた。

こんな馬が交尾をするような格好をしているのは恥ずかしい。

けれど、激しい熱情をぶつけてくるサディアスのことを愛おしく感じて、今まで以上に濡れてしまう。

「……はあ……っん、………ンっ」

グチュグチュと淫猥な音が響き、互いの胴体が叩くように密着され、荒々しい呼吸が入り乱れた。

「はぁ、ぅんっ……あっ……あっ」

サディアスは突き入れながら、花芯を指の腹でくにくにと捏ね回してくる。アシュリーが思わず背を反らしてしまうと、その弾みで、快感に収斂した内襞が、熱く昂る屹立を締めつける。

「あ、あぁっ……」

「アシュリー、そんなに締めつけて、よほどここが好きのようだね」

最奥を突かれるたび、身悶えするほどの愉悦に苛まれ、意思とは別のところでアシュリーは、はしたない声をあげてしまっていた。

「……、あぁ……っ……ンっ……」

いつの間にか、アシュリーの方から腰を揺らしてしまっていた。疼いて、興奮して、たまらなかった。

「中が、ぬるぬるだ……。だけど、心地よいぐらいに蠢いて、もっと淫らにさせたくなってしまうよ」

サディアスはわざと緩慢に腰を押し回し、予測のつかないタイミングで突き上げてくる。

「……は……あぁ……っ……ん、っ……」

お尻を振りたくろうと動いてしまうと、腰を摑まれて緩慢な動きで搔きまわしてくる。焦らされているのだろうか。もどかしくなって、せがみそうになるのを、喉の奥でぐっと耐えていた。

「あ、……ぁっ……ふ、ぁっ……」

もっと強く突き上げて、もっと激しく搔きまわしてほしい。

そんな欲求で全身が昂っている。それなのに、サディアスはゆったりと抽挿をやめ、ヌルリと抜け出ていってしまった。

つっと蜜液が太腿を濡らしていき、名残惜しむように膣肉が蠢く。

「アシュリー、こっちを向いて」

「は、ぁ……おにい、さま……」

「僕が見ていないと思って、随分いやらしい顔をして、感じていたんだね、おまえは」

「や、……そんな、こと、言わない……で……」

「本当のことを言ってるだけだよ」

今度は、アシュリーは仰向けに寝かされ、脚を開かされた間に、サディアスの熱い胴体が入り込んでくる。

　胸と胸が密着すると、ドキドキと速い鼓動が伝わって、自分と触れ合ってサディアスがそうなっているのだと思うと、愛おしくてたまらなかった。

「……おまえが感じてる顔を……正面からよく見せて」

「……そんな、いや、どんな……顔してるかなんて、分からな……」

　アシュリーはいやいやと首を振る。その間にもサディアスの腰がぐいっと沈み込んでくる。

「ん、あぁ、っ……」

　キスをしながら、髪を撫でて、そして乳房を捏ねまわした。サディアスの逞しい胸板に乳首を擦られるだけで、熱いため息が漏れる。

「とても愛らしいよ。おまえのその顔を見て、こんなに興奮してるのだからね」

　膨らんだ切っ先がぬぷりと蕾を広げ、一気に奥へと沈む。

「あっ……ああっ……！」

　恋しがっていたものを受け入れた瞬間、真っ白に意識がふやけそうになった。

「……はぁ、……おっき、……」

　みっちりと中がいっぱいに埋め尽くされていく。

「……おまえが興奮させるからだよ」

サディアスはそう言いながら、腰を動かしはじめる。

「でもおまえだって、挿れただけで達ってしまいそうになるぐらい、昂っているんだろう」

「お兄様が、……するから」

声が上擦る。下腹部を底から突き上げるような衝動が、何度もやってくる。

肉を打つような激しさが続いたあと、サディアスの尖端が柔襞を味わうように掻きまわしてきて、つま先がピンと張ってしまっていた。

「そうだね。おまえが僕だけを感じられるように、してやりたかった。こんなふうにね」

口づけをされて、息が止まりそうになる。

「ふ、んん」

「ああ、アシュリー、おまえの中は最高だ。たまらないよ」

苦しげに、狂おしげに、囁かれる。

その言葉が嬉しくて、よりいっそう濡れてしまう。

「お兄様、あん、……はぁ、………好き……」

アシュリーは熱い息を漏らしながら、夢中でサディアスにしがみつき、揺さぶりを受け止めていた。知らずに腰が動いてしまうと、サディアスの肉棒がそれ以上の激しさで突き上げてくる。

「……はぁ、……っくっ……んっ」

何もかもが熱くて、朦朧としてくる。突き上げてくる肉棒の熱が、脳内にまで響いてくるようだった。

ジュプジュプと音を立てながら、サディアスの張りあがった太い竿《さお》が抜き差しを味わうように動く。

「気持ちいいなら、そう言って、アシュリー」

「ん、あぁ、……そんな、いえなっ……」

「言うんだよ。おまえの可愛い唇で。さあ」

「はぁ、……うっ……ん、いい、……の、きもち、いいの」

「どのくらい？」

「いっぱい……」

アシュリーが濡れた瞳で訴えると、サディアスは唇を重ね、熱い吐息を漏らしながら、舌を絡めた。

「もっと、舌を出して」

「ん、……ふっ……」

「そう、……舌をもっと突きだして」

命じられるまま赤い舌を突きだし、サディアスの舌先と擦り合わせる。いやらしく舌をうねらせるサディアスの動きに合わせて身悶えていると、中に咥え込んでいる彼の肉棒が焼け石のように硬く張りつめていくのが感じられた。

サディアスも感じてくれている、そう思うと、ますます身体が昂っていく。

互いの濡れた唇を吸い合うと、サディアスの長い舌が口腔に割り入ってきた。

「く、……ぅん……」

激しく絡めながら腰を揺すぶり、最奥を突き上げてくる。

「……はぁ、……気持ちいいかい？　いやらしく中がうねってる。そんなに煽ると、僕の方が先に限界を感じてしまいそうだよ」

乳房を痛いぐらいに揉まれて、敏感に尖った乳首を抓られると、中がぎゅっと締まった。

「……っ……あぁ、ここも気持ちいいんだね。何もかも張りつめてる」

「……ん、んっ……あっ……おにい、さ、まっ」

「ああ、いいよ。アシュリー、……たまらない。おまえが感じると、僕も、……気持ちいいんだ。もっと、もっと、こうして……」

激しく段階を追うように突き上げられ、子宮口からぎゅうっと収斂していく。

「ああぁっ……」

擦り上げられる花芽がひくひくと戦慄いていた。そこを指の腹で捏ね回され、頭が真っ白になりそうだった。

「ふ、……はぁ、っ……ん、……いっ……いいのっ…………」

「ん、僕もだ。もっと感じて、アシュリー……奥まで……ほら」

「あっぁっ……」

肉を打つような音が激しく響く。

両手でがっしりと腰を摑まれ、さらに深く、最奥まで、熱の楔が穿たれる。子宮口をぐりぐりするように動かされ、アシュリーのつま先は宙を搔いた。

「……ふ、あっあぁ……ん、……はぁ、……っ」

「あぁ、いい……アシュリー……達きそうだ」

吐精を思わせるサディアスの動きに、アシュリーの中が蠕動して受け入れようとする。

「ああ、だめ、……ん、もうっ……おにいさま、……っ」

与えられる律動が激しくなる。

兄妹でこんなことをしてはだめだと頭では分かっていても、身体がもう言うことを聞かない。

兄という存在が欲しいと、全身で欲していた。

もっと強く抱いて、もっと激しく乱して、もっと……ひとつに蕩けてしまいたい。

最奥を穿たれるたび、残された一欠片の理性は粉々に砕け、もう目の前の愛おしい人のことしか考えられなくなってくる。

「……っく、はぁ、……いい。おまえを愛してる……アシュリー……このまま地獄に落ちても構わない。おまえをずっと……」

仰け反るアシュリーの背をぎゅっと抱き込んで、サディアスはぶるりと身体を震わせる。

その刹那、内側にこもっていた熱がよりいっそう硬く張りつめていく。

「あっ……あぁぁぁっ……！」

アシュリーは歓喜の嬌声をあげ、ビクンビクンと身体を跳ねさせた。

「……っく」

繋がり合っていた中から、サディアスの屹立がぬっと引き抜かれる。そしてアシュリーの下腹部に白濁した精がビュクビュクと吐き出されていった。


アシュリーはしばらく放心していた。

サディアスはアシュリーを愛していたために、ステファンをはじめアシュリーに言い寄る男たちを遠ざけていたのだ、とアシュリーは改めてこれまでのことを考えていた。

秘められたサディアスの機微《きび》に触れ、胸が苦しくなる。

自分が兄に頼りきりで甘えたりしなければ、サディアスはこんなに激しい感情を露わにすることはなかったかもしれない。

「おまえは自分を責めることなどしないでいい。悪いのは全部僕なんだよ」

穏やかな草原を撫でる風のような声——いつものサディアスの抑揚のない柔らかな声色に、目を瞑ってしまいそうになる。

「アシュリー、さっき僕を好きだと言ってくれたね。もう一度、おまえの素直な気持ちを……聞かせてくれないか」

アシュリーの琥珀色の髪がリネンの上に広がっていた。それを一束に引き寄せるようにして、サディアスは純粋な瞳を向ける。その瞳にはもう激しい炎のような歪んだ感情はなかった。

アシュリーは幼い頃から今までのことを思い出していた。

サディアスに初恋をしてから、一緒に過ごしてきた日々を。

彼という存在が、自分の人生から消えるなんて考えられない。そこに行き着く。

「私、ずっと隠していたの。お兄様のことが好きだっていうこと。だから……儀式がどうだって言われなくたって、きっと同じ未来になっていたわ」

そう。身体を許したのは、兄に命じられたからではない。そうされてもいいと願ったのは自分だ。兄として慕っているからだと言い聞かせていただけで、それはたしかに愛だった。

「……嬉しいよ。その気持ちが聞けて」

サディアスはそう言ってアシュリーを抱き寄せ、切なげに睫毛を伏せた。

「僕は気づかせないままでいるべきだったのかもしれない。でも、おまえのその可愛い唇から、どうしても聞きたかった。いつか……離れていくと分かっていても、おまえをこの手で抱きたかった」

サディアスは愛おしむように、アシュリーを胸に寄せた。

熱のこもったサディアスの声に、胸がちりちりと焼けるように痛んだ。

どのくらい二人でそうして抱き合っていたのか……。

互いの呼吸がゆっくりと整い、鼓動が落ち着きを取り戻していくまで、黙ったままでいた。

ふと、アシュリーはサディアスの二の腕の内側に、火傷《やけど》の痕らしきものがあるのを発見する。

そっと触れようとすると、サディアスはビクリと反応し、アシュリーの顔を見た。まるで憑《つ》き物でもとれたかのようなハッとした表情をしていた。

「ごめんなさい。これは……火傷の痕？」

「あぁ……。まだ幼い時にね」

サディアスの表情が、ぎこちなく冷ややかなものに変わる。触れられたくなかったのだろうか、と思って、アシュリーは慌てて手を引っ込めた。

「ごめんなさい、あの……」

「……アシュリー、やっぱり明日になったらここを離れよう」

そう言ってサディアスが少しだけ身体を横にする。

アシュリーは弾かれたように、サディアスを見つめた。夢から覚めたかのように、彼の瞳の奥は静寂に保たれていた。

「お兄様、私は……」

「僕は激情に任せておまえに酷いことをしてしまった。ごめんね、アシュリー。こうしよう。僕は感情的になっている妹を諭していただけ。このことは二人だけの秘密だ。おまえは、あいつ以外のいい人をまた見つければいい」

深淵《しんえん》に、突き落とされたような気分だった。
アシュリーはサディアスの深い森のような瞳を見つめ返した。
あれほど激しく求めてくれたのは、嘘だったの？
きっとサディアスは妹のことを想って、一夜限りで身を引くことを決めていたのだ。
もし本当に奪うつもりだったのなら、この身の深くまで熱い精を預けただろう。
そうしなかったのは——最初から、最後だと分からせるため。
アシュリーの大きな瞳にたちまち涙がこみ上げる。
「どうして、私たちは兄妹として生まれてしまったの？」
アシュリーの問いに、サディアスは視線を合わせぬまま、答えなかった。
ただ、宥めるようにアシュリーの髪を撫でてくれていた。
いつの間にか眠りにつくまで——。

◇◇◇　◇◇◇　◇◇◇

月明かりだけが入る部屋の中――。

サディアスは眠りについてしまったアシュリーの琥珀色の髪を撫でながら、無表情のまま彼女を見下ろした。

「おまえは本当にかわいそうな、妹だね――僕の本当の気持ちも知らずに」

無防備にさらされたアシュリーの細い首に、サディアスの手がすっと伸びる。

サディアスの瞳の色は輝きを失い、深い沼底のように濁っていた。

「……『あの時』、こうして……この手で殺せたなら、どれほど楽だったか……なぜ、そうしなかったのか……」

サディアスはアシュリーの首に両手をかけた。このまま一思いに力を込めれば、彼女は息絶えるだろう。

そうして自分を慕っている彼女を欺き、殺すことなどいつだってできたはずだった。

殺したいと思うほど憎いのではなかったか。なぜ、これほどまでに渇望してしまうのか。

サディアスは苦悶の表情を浮かべ、震えだす手を押さえた。代わりにアシュリーの頬に両手を滑らせ、眠っている彼女の唇にキスをする。

甘く柔らかな温もりに、胸が押し潰されそうになる。体の奥底から熱が滾りだした。

「かわいい妹だ……僕だけの……誰にも、触れさせない」

アシュリーの薔薇色の唇を指先でそっとなぞりながら、サディアスは憑かれたようにそう繰り返した。

どのくらいそうして見つめていただろうか。

サディアスが離れようとすると、アシュリーの無垢な瞳がゆっくりと開かれる。いつ見ても彼女の青珠石色の瞳は美しい。澄んだこの瞳に見つめられるたび、どれほど自分が醜く歪んだ表情を押し隠していることか、見透かされてしまいに感じたものだ。

だがアシュリーは自分を慕ってやまなかった。少しも疑うことなく――。

愚かな……妹だ。

「……お兄様」

「あぁ、目覚めたかい？」

まだ傍にいて欲しいと不安げに手を伸ばし、温もりを恋しがるアシュリーに、サディアスはゆっくりと覆いかぶさる。

「ここにいるよ。おまえの傍に……今までだって、ずっとそうだったじゃないか」

サディアスはうっすらと微笑を浮かべながら、アシュリーの細い指を絡めとり、リネン

に押し付ける。そして情欲で猛った肉塊を、無垢な入口にずぶりと沈めこんだ。

唐突に突き入れられて驚いたアシュリーが、瞳を見開く。

「……あ、ぁっ……もう、……終わりに、するんでしょう……？」

もう終わりにしようと告げたのは、たしかに自分だった。

終わり？　終わりなど少しも見えてこない。見上げてもどこにも光が射しこまない。浮かぶのは憎らしいほどきらきらと輝くアシュリーの笑顔……。手を伸ばそうとすれば、重たい鎖に引きずり込まれる。もがきながら必死で渇望している。

欲しくて……気が狂いそうだ。

なぜだろうか。少しも収まらない、この激情はどうしたら昇華できるのか。

憤りで震えるサディアスを、アシュリーが混乱した顔で見上げる。

サディアスは怯えるような目で見られていたことに気づき、はっとしてアシュリーを見下ろした。吐息を乱す彼女の唇を吸い、滑らかな髪をきゅっと指に絡めた。

「足りないんだ。どれほど求めても……おまえがほしい。もう一度だけ……おまえが……ほしい、アシュリー……おまえが――」

サディアスが錯乱するようにアシュリーの名を呼びながら激しく求めると、彼女の瞳から宝石のような涙が零れ落ちていく。

「……おにい、さまっ」

アシュリーの白い身体が、サディアスの黒い欲望に何度も散らされていく。

二人の腰が淫らに打ち合う。まるで荒れ狂う嵐を突き進むように激しく、サディアスはアシュリーの内部を貪る。

互いの吐息が乱れ、高みに登りつめる時が幾度も訪れた。

「あ、……あっ……あぁっ！」

アシュリーの全身がびくんびくんと跳ね上がる。

「おまえは、僕のものだ。ずっと……」

——この夜が明けるまでは。

サディアスは涙に濡れるアシュリーを激しく求め、彼女の白い肌に幾度も精を迸らせた。

◇◇◇　◇◇◇　◇◇◇

昨晩、王城の中がどうなってしまっていたのか、いなくなった二人を探して大騒ぎになってしまったのではないかと不安でいっぱいだったアシュリーだが、それは杞憂《きゆう》に終わった。

着替えのために待機していた侍女が「お加減はいかがですか」と入ってきて、周りの様子を教えてくれた。

泣き疲れて眠りについてしまったアシュリーを残し、サディアスが事情を説明してくれていたらしい。

どうやら、婚約者のステファンに酷い仕打ちをされてしまったアシュリーが混乱している様子なのだと、伝えられているようだった。

子どものように泣いて逃げだすような自分と違って、サディアスはきちんと根回しをしていたのだ。

アシュリーはふがいない自分に、ますます落ち込んでしまった。今頃、またウエルトンが国王にあれこれ進言しているかもしれない。

着替えを終えたアシュリーは、それから城内の中庭でぽつんと佇んでいた。

高原にそよぐ風が、城壁に守られている宮殿の方にも入り込んできて、清々しい涼をくれる。赤や白や黄色のポピーの花がふわりふわりとダンスをしているように揺れていた。

色鮮やかな花々が、ひどく目に染みた。

アシュリーの心の中は荒《すさ》んでいて、これから先のことなど、何も見えなかった。

サディアスは外交に赴いていているようで、明日まで帰らないと聞いている。

兄を愛してしまった——。

だけど、この想いは報われることはない。

純潔は奪われてしまった。

だから、この先、もう誰のもとへもお嫁に行けない。

兄を愛してしまったことを悲観しているの？

結婚できなくなってしまったことを後悔しているの？

どちらも違う。

愛する気持ちが辿り着く場所がないから、苦しいのだ。

「アシュリー様、国王陛下がお呼びです」

国王の側近ウエルトンに声をかけられて、アシュリーは肩をビクリとさせる。

冷ややかな瞳を向けられて、アシュリーは俯く。

大切な婚礼の儀式を台無しにし、破談にしてしまった代償は大きい。これから先、城の中でウエルトンと顔を突き合わせなければならないと思うと気が重たかった。

だが自分が撒《ま》いた種なのだから致し方ない。

王座の間に顔を見せると、国王が心配そうな表情を浮かべて、アシュリーを迎え入れた。

「アシュリーよ。どうかな。落ち着いたかな」

「……はい。今回のこと、申し訳ございません」

「私の方こそ、おまえの気持ちを無視して進めてしまったこと、悪かったと思っておる。サディアスから……イリウム王国でのおまえの様子を聞かされて、胸に穴があく思いだった。アシュリーよ、おまえの気持ちを教えてくれないか。秘めている考えがあるのなら、おまえの口から直接話をしてもらいたいのだよ」

国王は手を組んで、アシュリーの返事を待っている。

これまで、自分の口から結婚が嫌だと言ったことは一度もない。そうしなければならない、と決まっていることだと思ったからだ。

でも、もう、この気持ちを偽ることはできない。

アシュリーは勇気を振り絞って、口にした。

「正直な気持ちを言います。私は……誰でもない、お兄様のことを愛しています。心から……」

告げた途端、国王の瞳が揺れた。

何を追及するわけでもなく、アシュリーの次なる言葉を待っている様子だった。

軽蔑されたとしても構わない。本当の気持ちを隠したまま、結婚を待ってほしいと言っても、理解してもらえるはずがないのだから。

「ですから、私は……誰とも結婚することができません。もしも政略的な結婚を望まれるというのでしたら、もう少し……少しでいいから、待ってください」

たとえ二年の猶予があったとしても、誰かを好きになることはできないだろう。それでも二年の間はここにいられる。せめて、好きでいる気持ちがゆっくりと治まるのを待ってほしい。

それとも、ここにいる限り、この想いは赤く燃えていくだけなのだろうか。

アシュリーは昨晩愛された余韻を感じながら、唇を噛みしめる。

何を言われるか覚悟をしていたところ、国王から返ってきた言葉は意外なものだった。

「やはり……そうだったか。アシュリーよ、おまえに言われるまでもなく、常々おまえたちについて感じていたことだった」

国王の同情を含んだ視線が痛いほど突き刺さってくる。

アシュリーは慌てて訂正する。

「どうか誤解なさらないでください。すべて私が悪いんです。お兄様は私が取り乱してしまったところを、励ましてくれた。ただ、それだけなんです……我が儘ばかり、ごめんなさい」

国王の表情に懊悩《おうのう》の色が浮かぶ。そして威厳を保っていた肩を落とした。

理解できないことだろう。兄妹で愛し合ってしまうことなど。

もしも罪に問われるのなら、自分一人だけでいい。

しばらくの沈黙のあと、国王は重たい口を開いた。

「アシュリーよ、おまえに大切な話がある」

アシュリーはそっと顔をあげて、国王の話を待った。

「……慰めになるか分からんがな、せめて、罪の意識を消すことはできるだろう」

国王は言葉を選びながら、続けた。

「おまえとサディアスは血の繋がった兄妹ではない」

(え……？　今、なんて……)

アシュリーは耳を疑って、国王を見つめ返す。

「本当の兄妹ではないのだ。それから、私とおまえも……血の繋がりはない。つまり、おまえは王族であって、王家の人間ではない」

「どういう……ことなのですか？」

アシュリーは混乱で、頭が真っ白だった。

（お兄様とも、お父様とも、血の繋がりがない？　それはどういう……こと？）

「アシュリー、おまえはこの国で生まれたわけではないのだよ」

「そんな……じゃあ、私は……一体？」

アシュリーが茫然としていると、国王は覚悟を決めたような顔をしていた。

「話せば長くなるが――あれは十六年前の真冬、亡くなった王妃が病に倒れた夜のことだった。レイメール湖の近くにある洞窟で、騎士隊が置き去りにされた赤ん坊を見つけてきた。赤ん坊を放っておくわけにいかないと思った私は、その子をこの国で預かることにした。そして、この国の第二王女として受け入れた」

「その子が……私ということ？」

「ああ、そうだ。私は天からの賜《たまわ》りものだと思うことにし、おまえを我が子として可愛がってきた。ところが、おまえが十歳になった時……私はおまえを置き去りにした母親から、真実を知らされたのだよ」

アシュリーの胸は激しい動悸がしていた。

その続きを聞くのが、怖くなってしまった。

でも、ここまで知ってしまったなら、聞かないわけにはいかない。

アシュリーは意を決して、国王の話の続きを待った。

「アシュリー、おまえは、イリウム国王の第二夫人から生まれた子なのだよ。しかし、王との子ではなく、許されぬ恋の末にできた子だった。おまえは王女として生まれることを許されず……洞窟の中に……」

アシュリーはショックで何も言葉にならなかった。

目の前の国王は父ではなく、亡くなったと思っていた母は別にいる。そして……サディアスは、兄ではなく——。

「私が、イリウム王国の……」

アシュリーが愕然としていると、国王は申し訳なさそうに、これまでのことを再び語りだすのだった。


猛吹雪《もうふぶき》のある冬の夜——。

ベーゲングラード王国では、王妃が原因不明の病に倒れ、高熱で苦しんでいた。

その三日後、王妃は静かに息を引き取り、国王は深い悲しみに暮れた。

国王の傍には六歳になるソフィア王女が瞳に涙をいっぱい溜めこみ、四歳になるサディアス王子が唇を固く噛みしめていた。

最後の別れを告げようとした時だった。

看取《みと》っていた者の涙を啜る音を、一瞬にして掻き消すほどの大きな声があがった。

国王をはじめとする王族の者たちが一斉に振り返る。

何事かと近衛兵が扉を開けた。すると国境近くのレイメール湖まで警備に出ていた騎士隊長の腕の中に、美しい繭《まゆ》のような絹衣に包まれた赤子がいた。

「その赤子は一体……？」

国王をはじめ側近が騎士隊長に事の成り行きを話すよう促す。

「洞窟に置き去りにされていたのです。付近に人の気配はありませんでした」

国王は驚き、すぐさま赤子を抱き上げた。

「なんということだ。赤子を置き去りに……」

哀しみに暮れていた国王は、真っ赤な顔で泣きつづけている赤子の顔を覗きこんだ。

赤子は女で、肌が透けるように白く、愛らしい顔をしていた。

国王は赤子を大切に抱きかかえ、のちに彼女をアシュリーと名付けた。

「まるで、この子は……王妃の生まれ変わりのようだ」

愛する妃を失った国王にとって、アシュリーが心の支えになったようだった。

アシュリーはそれからベーゲングラード王国の第二王女として、蝶よ花よと可愛がられた。ともすると一番に目をかけられていると思わせられるほど、国王の溺愛ぶりは大変なものだった。

「アシュリー姫よ、何と美しい子なのだろう」

国王の口からいくつ褒め称える言葉が紡がれたか分からない。

時折、ソフィア王女やサディアス王子が嫉妬の瞳で見るほどに――。

しかしアシュリーは、成長するにつれ、一目で国の者ではないと分かる容姿になった。

彼女は、ソフィア王女やサディアス王子の黒髪に緑がかった薄茶色の瞳とはかけ離れ、琥珀色に染まるブロンドに、碧氷色《アイスブルー》の瞳をしていた。この国では黒色や濃褐色の髪に茶色や緑色の瞳をした者が多く、アシュリーのような琥珀色の髪や碧い瞳は珍しい方だった。

きょうだいで容姿が似ていないことから、王家の血筋を疑われるのでは……と側近が心配するところ、国王は先々代の王家にもアシュリーのような容姿をもった者がいたのだから問題ないだろうと言い張り、とにかく王妃の生まれ変わりだと信じて、アシュリーを手放さなかったのだ。

――国王からその話を聞いて、アシュリーは自分の容姿を振り返った。

琥珀色の髪、碧氷色《アイスブルー》の瞳、雪のように白い肌、それらは、この国を囲う雪山や、澄んだ高原に見合うよう、神様に授けられたのだと思っていた。

けれど、国王も、兄も、姉も、皆、黒髪に茶色の瞳、または光の加減でグリーンが混じっていたりもする。

幼い頃から、アシュリーは亡くなった王妃に似ている、などと言われてきたけれど、今思えば、疑わない方がおかしかったのだ。

血の繋がりがない——。

それは罪を軽くするどころか、ますますアシュリーを苦しめるだけだった。

「それでも私は……この国の王女になってしまったのだから、たとえ血の繋がりがなくても、お兄様と結ばれることはないんだわ」

そう言ってしまってから、アシュリーはハッとして顔をあげた。

国王が哀しい顔をして、こちらを見ていた。

「ごめんなさい。お父様が助けて下さらなかったら、私はここに生きていなかったのに……このことを、お兄様は？」

「私が説明するまでもなく、気づいていたようだ。昨晩サディアスの方から打ち明けられたよ。いつ知ったのかは分からない。四つの時の記憶があったとしたら、その時なのか、または偶然知ったのか、それはサディアスに聞くしかない」

胸が、締めつけられる。

知っていて、サディアスは求めてくれたのだとしたら、最初から妹ではなく女として見ていたということだろうか。それとも自分のようにいつしか意識してしまっていたということなのだろうか。

「アシュリーよ、今だからこそ話そう。私はおまえを手放したくなくて長い間手元に置いてしまった。たとえ事情があったとしても、もっと早くにイリウム王国に返していればこんなことにはならなかったはずが……すまなかった」

「お父様……」

「そんなおまえにこう言うのは酷だと分かっているのだが、告げなくてはならない。我が王国には世継ぎが一人だけだ。サディアスはいつか妃をとらねばならない。おまえはこの先それでも結婚を拒むか？　できるならおまえには平穏なまま、幸せになってほしいのだ。私はそう託されたと思っておる。だからこそ、イリウム王国へ嫁がせることを考えたのだよ」

国王の真意を知り、究極の選択に、アシュリーは答えることのできないまま、唇を噛みしめる。アシュリーのことを想ってくれていたからこそ、国王は結婚を進めたかったのだ。

サディアスとは血の繋がりがなくても、アシュリーがこの国の王女として存在する限り、これからも兄と妹という形は崩れないのだから——。

第七章　歪んだ純愛

サディアスは本当の兄ではなかった。

だから、恋をするのは自然なことだった。

けれど、たとえ自分の感情を正当化されても、この恋は……どちらにしても叶わない運命だった。

そんなふうに思って諦めるしかない。

『少し時間をくださいませんか』

アシュリーは国王にそう返事をした。

サディアスがこの先誰かと結婚してしまうのを、この目で見てしまったら、きっと耐えられない。その前にこの城を出られるよう、国王の言うように決められた誰かと結婚すべきなのだろうか。

二年の猶予……。

その間に、この心はゆっくり落ち着いていくだろうか。

サディアスも他の誰かと結婚して、いつしか誰かを愛するようになるのだろうか。

アシュリーの答えはまだ出ていない。

ただ、狂おしいほどの感情が降っては湧いてを繰り返していた。

◇◇◇　◇◇◇　◇◇◇

「――お話とは何でしょうか」

王座の間でサディアスは国王にそう問いかけた。

国王から直々に相談があると呼び出されていたのだ。

いつもなら国王側近のウエルトンを通すことが多いので、こうして顔を突きあわせるのは会議以外にそうあることではない。とはいえ、いつもウエルトンは傍で待機している。

「エバーフィル王国の王女との縁談を受けてもらえないだろうか」

国王が試すようにサディアスを見る。

サディアスは顔色を変えずに国王に問い返した。

「なぜ急にそのようなことを？」

「……アシュリーのためにも、そうするのが一番いいと思ったのだよ」

国王の一言で、サディアスの表情が凍りつく。そして彼の手にぐっと力がこもった。

「いつまでも子ども扱いをされるのですね。十六歳を迎えた王女に……結婚を強いておきながら。今度は僕を排除すればどうにかなると。寵愛してきた姫のことをいい加減に信頼してあげてはどうです？」

サディアスの嘲笑《ちょうしょう》するような物言いに黙っていられなかったのか、ウエルトンから忠告が入る。

「――殿下、いくら殿下とはいえ、どうか陛下の前でそれ以上は口を謹んでください」

だがサディアスは怯むことなく淡々と話を続けた。

「……いいでしょう。国王陛下がそうおっしゃるのなら。分かりました。考えてみましょう。ただし、それでアシュリーがどうなろうと、僕は知りませんよ」

サディアスは国王をまっすぐに見て、そう冷たく言い放つ。

「話がそれだけなら、僕はこれで失礼します」

「サディアス」

国王が呼び止める。

だがサディアスはそれ以上聞く耳を持たなかった。ウエルトンが制止するのも構わず、踵《きびす》を返し、王座の間を立ち去るのだった。

◇◇◇　◇◇◇　◇◇◇

アシュリーはその日以来部屋にこもるようになり、延々と日記を書いていた。もうひと月ばかりすると、収穫祭がやってくる季節となった。

夏に毛を刈られた羊や山羊《やぎ》の肌が、雪のようにふんわりと白くなっていく。空は澄み渡り、美しい湖の先にある広大な葡萄畑からはここ数年で一番の豊作との知らせが入った。まもなく収穫祭が行われ、そのうち万年雪を遠くから眺めるだけでなく、高原にもちらちらと舞い降りてくるようになるだろう。

サディアスは外交と政務で忙しくなり、なかなか顔を合わせる時間がなかった。もしかしたら兄はわざと避けているのかもしれない。

そう思ったら、胸がちりちりと焼けるように痛くなり、喉の奥に泥水が溜まったような気持ちにもなった。

アシュリーは胸に秘めたこの想いをどこへぶつけていいか分からず、これまでサディアスと過ごした日々のことを綴っていたのだった。

アシュリーと違って、サディアスは最初から、血の繋がりがないことを知っていた。

最初から？　それとも……。

未だ、サディアスには聞けていない。

インクが途切れたところで羽根ペンを休ませ、アシュリーは勢いよく立ち上がった。

バルコニーの窓を開け、外の風を吸い込む。

少しでいいから鬱々とした気分を払拭《ふっしょく》したかった。

ふと視線を落とすと、中庭にサディアスの姿が見えた。胸を高鳴らせたのも束の間、彼の隣に誰かがいるのを見つけて、不安に駆られる。

亜麻《あま》色の髪、翡翠《グリーン》色の瞳、柔らかな風に吹かれる草原のようなシルクのドレスがとても綺麗だ。彼女の耳には揃《そろ》いのイヤリングがゆらゆらと揺れていた。

その美しい人が、サディアスの隣に寄り添っている――。

一体あの人は誰……？

不安に駆られ、部屋のバルコニーから身を乗り出す。

アシュリーは相手の顔を見ようとしたのだが、ちょうどサディアスの陰に隠れて見えない。そのまま彼女は馬車にのって去ってしまった。

サディアスが振り返り、こちらにやってくる。

思わずさっと身を隠すアシュリーだったが、開けっ放しのバルコニーに風が吹き込んできて、ライティングデスクの上にのせていた羊皮紙《ようひし》がふわりと風に乗ってさらわれていってしまった。

アシュリーは慌ててバルコニーに再び身を乗り出そうとした。この破いた日記を見られてしまったら大変なことになる。

――が、手を伸ばしても時既に遅く。ひらり、と下へ落ちてゆく。

運悪くサディアスの手に拾い上げられ、アシュリーの顔からさっと血の気が引く。

「お兄様、お願い！　文を読まないで！」

アシュリーは慌てて声を張りあげた。

恋心を綴ってしまった日記を見られたら、死んでしまいたくなる。

「アシュリー？」

「お願い。お兄様、見ないで」

必死で身を乗り出していたら、ぐらりと身体が前のめりになり、勢い余って落下する。

「きゃあっ」

「アシュリー、危ない！」

落ちる――と思ってぎゅっと目を瞑ると、どんっと衝撃を受け、そろりと瞼を開いた。

すぐ傍に薄茶色の瞳、心配そうな顔をしたサディアス。

バルコニーから落下したアシュリーの身体を、サディアスが受け止めてくれていたのだ。

「おまえは……本当に、心配ばかりさせて……もっと高い場所だったら、どうなっていたと思うんだ」

「ごめんなさい、お兄様……」

本気で心配している怖い顔が、目前に迫る。しゅんとして謝るアシュリーだったが、心臓は別の意味でドキドキしていた。

いくら頭の中で抗っても、身体は正直だ。そう説かれているみたいだった。

「とにかく無事で安心したよ」

サディアスはホッと胸を撫で下ろし、アシュリーの額にそっとキスをした。

この優しい口づけが好きでたまらなかった。

これまでは、そうされて幸せだったのに、今は苦くて辛い気持ちが胸に迫ってくる。

いつかサディアスは誰かと結婚する。

さっきの女性と？　そんなの嫌だ。

激しい嫉妬心が芽生え、思わず口走ってしまう。

「あの人にも、こんなふうにするの……？」

するとサディアスは意表を突かれたような顔をして、アシュリーを見つめた。

「おや。珍しいね。妬いているのかい？」

「……」

アシュリーは黙り込んでしまった。

「彼女はね、エバーフィル王国の王女だよ。今季の収穫祭の話し合いをしていただけだったんだけど」

収穫祭はこの大陸に国土を有する国では、昔からよくある風習で、豊作の恵みを神に感謝するために、秋口に行われるお祭りだ。

勝手に誤解してしまったアシュリーの頬にボッと火がつく。

ふっと、嘲笑するようなサディアスの声が、響く。

「本当に……可愛い妹だね、おまえは。ちょっと前のお茶会でも、マリアンに嫉妬していただろう?」

揶揄するサディアスが憎らしくて、アシュリーは必死に訂正する。

「ちが、……うわ。そうじゃないったら」

「分かったよ。そういうことにしておこう。可愛い姫」

あしらわれていることが伝わり、アシュリーはムッと唇を引き結ぶ。

これまでなら嬉しい言葉だった。

だけど、今は……妹扱いされるのが嫌だった。

「そうやって妹扱いしないで……そんなこと言われても、嬉しくないの」

アシュリーは咄嗟にそう言ってしまった。棘《とげ》があるとは自分でも分かっている。でも止められなかった。

一枚の日記の断片を差し出され、アシュリーはくしゃくしゃに丸め込む。

「アシュリー」

低くて優しい声に宥められ、アシュリーはハッとする。

サディアスは哀しい顔をして、アシュリーの頬を優しく包みこんだ。

「あ、……」

なんてみっともないことをしてしまったのだろう。

こんな激情に駆られる自分は初めてだ。心の中に恐ろしい悪魔でも棲《す》みついているのかもしれない。

「……ごめんなさい。嫌な言い方をしたりして……」

アシュリーはしゅんと落ち込む。

「おまえは大切な妹だよ。愛しい我が妹だ。そうでなければ……とっくに結婚を申し込んでいただろうね。おまえが十に満たないうちから約束をして、僕だけの姫なのだと触れ回っていただろう」

それは、ただの仮定。実現することのできない、願望——。

兄の切ない思いを聞いて、アシュリーはどうしていいか分からなくなる。

封印しなくてはならないと思えば思うほど、想いは募るばかりで。

「私、……お兄様のことが好きよ。ずっとずっと……傍にいられたらいいのに。何度もそう思ったわ」

アシュリーは瞳を滲ませて、サディアスに訴えかける。

けれどサディアスは受け入れまいと首を横に振った。

「アシュリー、僕はね、この国の世継ぎとして生まれたんだ。分かるよね」

サディアスは柔らかな声で諭す。

そんなことはアシュリーだって分かっている。

改めて拒絶を意味する言葉を聞き、胸に穴があく気持ちだった。

「お兄様は、あの方ではなくても別の方とでも……いつかは結婚なさるのでしょう？」

アシュリーが思わず問いかけると、サディアスは困惑した瞳を向けた。

「僕が、おまえ以外の女性と一緒にいるのは……許せないのかい？」

「……」

見苦しい自分が滑稽《こっけい》に思えて、アシュリーは唇を噛みしめる。

それから沈黙が流れた。

何て言ったらいいいか、本気で言葉に困った。

ずっと傍にいてほしい。自分以外の人に微笑みかけたり、触れたりしないで。これからも自分だけを愛してほしい。そんな熱情が湧き上がってくる。

独占欲や嫉妬という醜い感情にどんどん心が蝕まれていく。

「お兄様は、知っていたのでしょう？　私の……本当のこと」

「本当のこと？」

喉元まで出かかった言葉を、この数日の間、無理矢理に嚥下《えんか》させていたけれど、もうこれ以上は無理だ。

「……お父様から聞いたの。私は生まれてまもなく洞窟の中に置き去りにされていたって。お兄様と血の繋がりがないって……」

「そう。ようやく……知ったんだね」

否定の言葉は出なかった。

サディアスは肩の荷が下りたように、そう言った。それがアシュリーの昂った感情を余計に煽る。

「……お兄様は、いつから知っていらしたの？　どうして、私には一言もおっしゃってくださらなかったの」

父より先にサディアスからその一言を聞きたかった。そう望むのは身勝手なことなのだろうか。

「おまえがこの国に連れられてきたのは、僕が四歳の時だから、最初から知っていたよ。

けれど、それは王家だけの秘密だった。知っていた上で僕はおまえを好きになった。僕を慕ってくれる愛らしい妹のことが、可愛くてたまらなくてね」

サディアスはアシュリーの震えている手をそっと引き寄せた。

「おまえだって分かっただろう？　血の繋がり、そんなものは関係ないんだ。たとえおまえが妹でもそうでなくても、僕はおまえを好きになった。そして…どちらにしても僕たちは結ばれる運命にはなかった……そうだろう？」

「……それでも、私は……」

「アシュリー、僕には世継ぎの人間として果たさなくてはならないことがある」

「そんなこと、分かってるわ……お願いよ、もう、言わないで」

堂々巡りになるだけだ。そう、そんな運命――。

「……アシュリー」

諦めるしかない。

それを繰り返し確かめるのは哀しい。

サディアスが抱きしめてくれる。その力強い腕の中に、ずっと身を委ねていられたらいいのに……。

――それは叶わない。

アシュリーの眦《まなじり》から涙が溢れ、白い頬を伝って零れていく。

サディアスは涙をふき取るように唇を寄せ、そして、目尻に溜まる涙の粒をそっと親指で拭った。

「アシュリー、そこまで言うなら、おまえに選択肢を与えよう」

「選択肢？」

サディアスは憐れむような目を向けた。その瞳の奥はかつて黒い感情を見せた時とどこか似ていて、ひんやりとしたものを感じさせる。

「あぁ。おまえはずっとこの国に留まり、愛妾《あいしょう》の塔で僕に愛されるのを待つ覚悟はあるかい？」

愛妾の塔……と聞き、アシュリーは息を呑む。

この国も一夫多妻制。たくさんの妻の中から正妃となる女性を選ぶことになる。現国王は、一人の王妃を愛し、妻を多く持たなかった。

けれど、サディアスが近い将来、戴冠式を迎えて国王となれば、一夫多妻制を敷いているこの国でどうするのかは彼の自由なのだ。

「この間、僕がおまえを抱いたのは、愛妾が住まう塔の寵愛部屋だ。そこは国王以外出入りできない部屋になっている。もっとも現国王陛下は妾を持たないから閉鎖されていたのだけれどね。おまえがどうしても僕を愛したいと言うのなら、これから一生そこに身を隠すしかない。それに耐えられないなら、やはり他国に嫁ぐしかない。選択肢は二つだ」

突き放すように言われて、アシュリーの瞳に涙が溢れる。

なんて残酷な選択なのだろう。

時が止まってしまったかのような沈黙が流れる。

それでも二つに一つなら、彼と一緒にいられる方を選びたい。

「こんな気持ちで誰かと結婚なんてできない。お兄様と離れたくない……」

咄嗟に出た言葉は、アシュリーの本音だった。

悩み続けても、結局そこに考えが行き着く。互いに別々の人生になってしまうことなど、これ以上、想像したくもなかった。

「……困った妹だね。せっかく僕が諦めようとしていたのに。それがおまえの答えということで本当にいいんだね？」

サディアスの聡明な瞳が、確かめるようにアシュリーを見つめてくる。アシュリーは涙で揺らぐ視界の中、サディアスの胸に頬を埋めた。

「もう、気持ちに嘘はつけないわ……」

「……分かった、おまえがそこまで言うのなら、おいで。連れてってあげるよ。おまえを……溺《おぼ》れるほど愛してあげる」

サディアスは耳の傍で甘く囁き、アシュリーをぎゅっと強く抱きしめた。

アシュリーはサディアスに縋りつき、ただ彼に従うだけ……。

この時、サディアスが複雑な表情を浮かべていたことなど、アシュリーにはまったく見えていなかった。

◇◇◇　◇◇◇　◇◇◇

遡《さかのぼ》ること十年前——。

燃えさかる炎。人々の悲鳴。逃げ惑う人たち。

収穫祭を祝うハディアソン村に、暴動を起こした者たちにより火が放たれた。

夜を迎えた村に轟々《ごうごう》とした火炎が広がっていく。火はあっという間に広がり、家屋や店やありとあらゆるものに飛び火した。

白い煙が立ち込めていく中、略奪を図ろうとする盗賊たちを討つ騎士の姿。怯える子どもの瞳。泣き叫ぶ人たち。

サディアスの後ろには必死にしがみついてくる幼いアシュリーがいた。

『お兄様、この村は、わたしたちはどうなってしまうの』

『とにかく逃げなくては。ついておいで』

湿った手の感触に、サディアスは後悔の念を抱いた。

妹を燃えさかる火の傍に置いて逃げようとした、自分に——。

建物が焼け落ちてくる中、必死に駆けだした。

追って来る者はいない。サディアスが逃れたかったのは、自分の腹に潜む黒い影、胸に棲みついた魔物からだったのかもしれない。

『おまえたち、無事であったか。さあ、こちらへ』

国王と騎士隊の姿が見えた。

サディアスは護衛の目を盗んで妹を連れ出し、村の奥にある泉に探検に出ていたのだった。

酒場が突然爆発音を立て、ばらばらと家屋が倒壊する。

炎に包まれた柱が、サディアスとアシュリーに襲いかかってきた。

『危ないっ！』

どこからともなく悲鳴があがる。

あっと声をあげて転んでしまった妹に、サディアスは必死に手を伸ばした。

すると、妹が懸命に起き上がるまもなく、国王が横合いから身を挺《てい》して妹を抱きかかえた。

刹那、サディアスの腕に、刃が振り落とされた、と思うほどの痛みが走る。

サディアスの腕に轟々とした火の粉が降ってきたのだ。

『殿下！』

騎士隊長がサディアスに降りかかる火の粉を払い、急いで避難するように声をかける。

しかし、サディアスにとって火に焼かれた腕など、どうでもよかった。

父は自分よりもアシュリーを庇《かば》った。その瞬間が目に焼きついている。そして目の前は真っ暗になった。

なぜ、自分よりも、妹を――。

ずっと疑念を抱いていたことが、ここにきてはっきりとした。

母が亡くなった日に連れてこられてから、アシュリーはいつでも父のお気にいりだった。母と血の繋がっている我が子よりも。母を亡くして傷心の実の子よりも……。それをまざまざと見せつけられた瞬間、サディアスは絶望の淵に堕《お》ちた。

妹など死んでしまえばよかった。

火に包まれて消えてしまえばよかった。

なぜ、一瞬でも助けようと思ったのか――。

『お兄様、おにいさま！』

小さな手を精一杯伸ばして、抱きついてくる温もりが、サディアスの心に影を忍ばせた。

腹の中に広がる黒煙、残された苦々しい記憶、いくら年月が過ぎようとも煤煙《ばいえん》がいつまでも立ち消えなかった。

『おまえが無事でよかった』

清らかな言葉を口にしながら、心の中では憎悪が沸々と煮えたぎる。

おまえなど、生まれてこなければよかったのに……！

「――お兄様」

泉に小石を投げ込んだように、ぽつり、と声が響く。

サディアスはハッとして、声の主を見た。

甘く濡れた瞳で、激しく自分を求める妹がいる。

二人きりの部屋、ベッドの上でもつれるように押し倒し、口づけを交わしている最中だった。

アシュリーの唇は濡れ、荒々しく吐息が乱れている。

サディアスは再び目を瞑り、アシュリーの手首を押さえつけながら、唇の狭間に舌を割り込ませ、蹂躙するように彼女の中を犯した。

甘い匂い、湿った蜜、温かな体温、柔らかな感触。

口づけを交わしながら、手のひらで味わう。

なぜ、殺意を抱くほど憎かった妹にこれほど欲情しているのか、我が身を呪いたくなる。

殺意はいつしか憎悪と共に、別の感情を噴き上がらせた。

『おまえが他の男と幸せになるなど、許せるものか。おまえは僕のものだ』——と。

「……お兄様」

縋るようなアシュリーの声を聴き、サディアスは唇を離した。

「……おまえは……どうして」

アシュリーの柔らかい髪を撫でながら、再び口づけを求める妹を泉でも覗き込んでいるような目でサディアスは見下ろしていた。

◇◇◇　◇◇◇　◇◇◇

早く。

早く……。

一刻も、早く――。

この身を繋ぎあいたい――。

そんな激情をぶつけるように、アシュリーはサディアスの背にしがみついた。

ベッドの上で、衣服が擦れ合う。ほんの僅かでも離れている距離がもどかしくて、隙間なく彼に埋めてほしくて、アシュリーの方から腕を伸ばして、口づけをねだった。

そんな彼女を見下ろすサディアスの瞳は、憐れみの色を浮かべていた。

「おまえは本当に……僕のことを信用しすぎている。どうして、おまえは……」

いつもよりも低い声を震わせ、サディアスはそう言い放った。

「アシュリー、なぜ、僕がおまえの結婚の邪魔ばかりしてきたか、気づいていないのか。清めの儀式など怪しげなことを、何も疑いはしなかったのか。こうしておまえを閉じ込めようと策を練っていたことも――」

サディアスはアシュリーを侮蔑《ぶべつ》するように見下ろした。そして、薄笑いを浮かべたかと思えば、何がおかしいのか、高らかに笑い声をあげた。

「……お兄様……？」

アシュリーは豹変《ひょうへん》したサディアスに戸惑っていた。

湖の水面《みなも》のように澄んだ、碧氷色《アイスブルー》の瞳がゆらゆらと揺れていた。そんなアシュリーの無垢な瞳に、歪んだ顔をしたサディアスが映り込む。

「ねえ、アシュリー、分かっていないようだから教えてあげよう。僕はおまえを愛していたわけじゃない」

サディアスはおかしくて仕方ないといったふうに、耳障りな笑い声をあげた。

「僕は、おまえが憎かったんだよ。すべての愛情を独り占めしてしまうおまえが……。母の生まれ変わりなどと言われて国王に溺愛されてきた赤の他人のおまえがね。母が死んだのもおまえのせいだ。だから、おまえが幸せになることなど許せなかった」

憎かった——。

その言葉を聞いて、アシュリーは胸を抉《えぐ》られる思いだった。

目の前にいる人はたしかに兄なのに、まるで別人のようで。

アシュリーは茫然として、サディアスを見つめた。

「それなのに、おまえはちっとも気づかない。純粋な瞳で僕を見上げるおまえに、腹が立って仕方なかったよ」

冗談だよ、といつものように微笑みを向ける様子など一向にない。

「十年前の収穫祭の日のこと、おまえは覚えていないんだろうね」

アシュリーは首を横に振る。

「……ハディアソン村に火が放たれたんだ。父は、姉や僕ではない、おまえを一番に庇った。そのおかげで僕は……」

サディアスの腕にあった火傷の痕を思い出し、アシュリーはハッとする。

「それじゃあ……あの痕は、その時の？」

「あぁ。その時確信したよ。血の繋がりが優劣をつけるのではない。どれほど権力者に気に入られるか、ということが重要なのだということをね。僕はそれから必死で勉学と剣術と、ありとあらゆるものに没頭した。それは、ただ世継ぎの責任を全《まっと》うするという理由だけじゃない。後継者として目に留まるほど期待をしてもらうためだ」

二人の間に、重たい沈黙が流れた。

可愛がられてきたと思っていた今までのことは、全部見せかけだけで、内心では憎まれていたということ——。

アシュリーは信じたくない気持ちで反芻《はんすう》する。

「それは、お兄様の本当の気持ち……？」

「あぁ、そうさ。ずっと言わずにいただけでね。なのに、おまえは……そうとも知らずに、僕に心を預けていた」

サディアスの腕につけられた火傷の痕……それは身体的な痛みではない。心の傷だ。一生消えない……自分が残した傷……。それを知らずに兄に頼ってばかりいた。何も知らなかった。自分の存在がこんなにも兄を苦しめていたなんて——。

憐れみの視線にあてられ、アシュリーは唇を噛みしめる。

信頼していた兄が、恋しくてたまらない兄が、自分をこんなにも憎んでいたなんて……。

自分が存在したばかりに兄は……。生まれてここに来なければ、サディアスは苦しむこともなかった。

「……私のせいね。ごめんなさい……お兄様、……ごめんなさい」

アシュリーはごめんなさい、と繰り返し、嗚咽《おえつ》を漏らす。

大きな瞳から涙が溢れ、ぽろぽろと零れていく。

謝って赦されることではないかもしれない。

けれど、自分にはそう伝えることしかできることはないのだ。

サディアスの指がすっと伸びてくる。

アシュリーはビクッと肩を揺らした。

目尻から頬に伝う涙を、彼の指先が拭ってくれていた。

「おまえが謝ることはないよ、アシュリー。だっておまえはもう僕のものだろう？」

激しく炎を灯した瞳が、アシュリーを捉える。

「おにい、さま……」

「おまえは僕が好きなんだろう？」

アシュリーは一歩も動けずに、震えていた。

「おまえは僕のものだ、アシュリー。おまえのことを愛していない僕のことを、おまえは愛している。ありがとうアシュリー。僕はそれが愉《たの》しくてならないんだよ。だから、他の男と幸せになることは許さない。どこにも逃がさないよ――」

　サディアスはクラバットを外し、アシュリーの手首にするりと巻きつけた。頭上で手をまとめられてしまい、身じろぎできない。

「やっ……」

「暴れると、ますます手首が締まって痛い思いをするよ」

　冷酷に見下ろす、サディアスの瞳。

　その瞳は、深い沼底のような緑の色に染まっていた。

　アシュリーは恐怖で戦慄いた。こんな彼は自分の知っている兄ではない。

　細い手首がぎゅっと締めつけられ、腕に食い込む痛みに、アシュリーは眉をきゅっと寄せた。

「言ってる傍から、いつ反抗的になったのかな、おまえは」

　おおらかな兄の優しさなど夢だったかのように、コルセットにナイフを挿し込まれ、びりっと引き千切られる。

「や、あぁぁっ」

　無惨に裂かれた布地からは柔肉が露わになり、うっすらと薄桃色の尖ったそこを、ぎゅっと摘ままれる。

「あぁっ……」

「おまえの身体からは、どこもかしこも花の蜜のような匂いがする。僕が全部残さず啜ってあげるよ」

唇を塞がれてまもなく、濡れた舌がくちゅりと口腔に潜り込み、戸惑う舌を掻きまわした。

「ん、ぅ……」

絡みつく舌が、激しく口腔を這いまわる。乳房の上は芯を抜くほどに絞り上げられ、みるみるうちに隆起していく。

激しいキスで溢れた唾液をこくりと飲み干す。

与えられるものは、甘い蜜と、毒——。

胸の膨らみを両方持ち上げられ、サディアスは唇から顎の先、喉を辿りながら、腫れ上がった乳首に吸いつく。片方は指で扱かれながら、片方は濡れた舌で捏ね回される。

アシュリーの腕は小刻みに震え、耐え難い愉悦に腰をよじった。手首が自由にならない状況で、唯一抗えるのは脚だけだった。サディアスの熱い手が、下穿き《ドロワーズ》を腰から引き摺りおろす。

「脚も縛ってあげればよかったかな?」

嗜虐《しぎゃく》的なことをまるで愉しむかのように言われ、アシュリーはぞっとし、髪を振り乱して拒絶した。

「そうだね。おまえの脚を開く楽しみがなくては、つまらない」

サディアスはアシュリーの足首を持ち上げ、膝頭からふくらはぎへ口づける。感じたことのないくすぐったさと脚を舐めるなどという不埒《ふらち》な行為に、眩暈がした。さらにサディアスはつま先を舐めしゃぶり、足首からふくらはぎ、内腿へと舌を這わせていく。まるで水筆につっとなぞられているような繊細な感覚が、急に、ぬめっと付け根まで滑り込んだ。ちゅうと皮膚に吸いつき、蜜で湿らせている陰唇に貪りついた。

「ここか。蜜を溢れさせているのは」

ふっくらとした媚肉を舐めまわし、ぴくぴくと痙攣している肉芽を舌先で弾く。どろりと蜜が滴り、ぴちゃぴちゃと魚が跳ねるような音が立つ。

いやらしく舐めまわすような視線が向けられ、アシュリーは声を上擦らせながら、懇願した。

「……おにいさま、……おねが、……」

「何だい？　おまえの言うことなら、いつだって聞いてあげているだろう。ここをされるのがいいんだね」

分かったようにそう言い、サディアスは舌の先を割れ目に這わせる。

「ちが、ん、はぁ、……」

「そう。舌じゃなくて指が欲しいのか。分かったよ」

ずぶりと中に差し込まれる感触がして、アシュリーは腹部をぶるりと震わす。サディアスの二本の指が濡れそぼった淫裂に突き入れられていたのだ。

「ん、……ぅ、……ぁっ」

潤んだ蜜壷をぬちゅぬちゅと掻き混ぜられ、臀部が小刻みに揺れる。さらに彼は指だけではなく、舌先を鋭敏な花芯に這わせ、激しく吸い上げた。

「ふ、………あぁっ」

下腹部で渦巻く甘い予感に、アシュリーは長い髪を振り乱して悶えた。サディアスの舌に舐られ、指で膣孔を責められると、身体中が沸騰してしまったかのように火照り、欲望が湧いてくるのを感じてしまっていた。

もっと、もっと、と貪欲に求めてしまう自分が浅ましくて泣きたくなってきてしまう。もぞもぞと腰を揺らしていると、サディアスの指が中からぬるりと抜けた。彼に掻きまわされて蕩けた熱い蜜がとろりと臀部を濡らす。

サディアスはトラウザーズから張りつめた自身を擡《もた》げ、アシュリーの膝を開かせると、ふっくらと充血した陰唇に押し当ててきた。アシュリーの腰は快楽の予感に突き上がり、ぞくっと戦慄く。

アシュリーは破かれたコルセットから豊かな乳房を露わにし、スカートを太腿まであげさせられた淫らな格好のまま。サディアスは上着のボタンをはだけさせ、隆起した胸がちらつくくらいで、互いに半分以上を布衣で隠したまま、繋がろうとしていた。

凶暴にそそり勃った赤黒い肉の楔が、蜜で綻んだ蕾の入り口へ、ぐにゅりと無遠慮に押し込まれた。

「あぁ、……っ！」

狭く湿った肉洞を、膨張した雁首《かりくび》に広げられ、潤んだ柔襞がやわやわ絡みついていた。

「ほら、おまえもこんなに欲しかったんじゃないか」

サディアスの恐ろしいほど熱い肉塊がずんっと子宮の奥まで突き上げられる。ぬちゅぬちゅと先端を中で押し回しながら、熱く潤んだ体内を抽挿しはじめた。

「……ん、……はぁ、……あっ」

ぐちゅぐちゅという蜜音と肉を打つ卑猥な音が入り混じる。角度を変えながら縦横無尽に体内を突かれる。

「おまえが憎くて仕方なかったはずなのに、なんでこんなふうに抱いているのだろうね……」

「あ、ンっ……あぁっ……」

憎悪と熱情とが入り混じったサディアスの歪んだ激しい愛が、アシュリーを容赦なく貫く。

「……アシュリー。おまえは僕だけの姫だ。他の誰にも渡さない。生涯ずっと……このまま閉じ込めて、放さない」

サディアスはアシュリーの臀部を摑んで柔肉を揉みながら、薄い茂みに隠された秘宝を探り当て、蜜に絡めて円を描くように転がしてくる。

「ふ、ぁっ……ん、……はぁ、……っ」

「おまえは、ここが気持ちいいんだったね」

「……や、ぁっ……あっ……」

「ほら、おまえの中に……もうすぐ、たっぷり出してあげるよ。きっと二人の子なら、可愛いんだろうな」

歪んだ願望を拒絶しようと中が締まる。

「やぁっ……」

「はぁ、いい……締めつけだ」

「お願い、やめて、それだけは……だめ……おにい、さまっ……」

「どうして……だめなんだよ。こんなに締めつけているじゃないか」

サディアスの言う通り蠕動する膣内が、男の肉傘を食い締めて絞り上げ、最奥へと誘っていた。

上下に揺すぶられ、半身の輪郭が溶けてなくなるのではと思うほど、気持ちがよかった。その罪深い快楽は、やがて雪崩《なだれ》のように襲いかかってくる。

「……ああ、アシュリー、……」

ぐりぐりと子宮口を突かれ、理性を失った獣のように激しく抽挿を繰り返される。感じてはいけない、引き離さなくてはならない、そんななけなしの分別は、断続的に与えられる愉悦と、鋭敏な花芯への嗜虐で、弾け飛んだ。

「あ、……やぁ、……もうっ……だめっ……あぁぁっ」

肌の下の潜熱が一気に噴き出し、喜悦と恐怖と相俟った感情が背筋を駆け抜けた。

「あ、ぁぁぁっ……！」

身体は陸にあげられた魚のようにビクビクと跳ね上がった。ぎゅっと固く閉じた瞼がちかちかし、酸素を求めて必死に喘ぐ。

最奥に埋められたサディアスの膨れ上がった切っ先からは熱い飛沫が迸り、飲み込みきれなかった白濁した精がこぷりと零れてくる。

魂が抜けきったように身体を横たえていたアシュリーの脚が、サディアスの手によってゆっくりとまた開かれる。

「……ねえ、こうして僕がずっと愛してあげるよ。おまえだって、愛妾になることが望みだったんだろう？」

達したばかりの蜜口に残忍な熱の塊が、ぐにゅりと押し込まれた。

「あああっ……」

ビクビクと小刻みに絶頂に連れられ、アシュリーは長い髪を振り乱す。

「やぁ、抜いてっ……っ」

まだ敏感になったままの中へ挿入されるのは、感じすぎて辛かった。

手首は締めつけられたまま動けない。自由のはずの脚には力が入らなかった。まるで彼の玩具のように、激しく滾《たぎ》る欲求を受け入れるしかなかった。

こんなのは愛じゃない。凌辱《りょうじょく》だ。そう思うのに、身体は彼に感じてしまう。

「おまえが可愛すぎるからだよ。一度じゃとても足りないみたいだ」

ぐちゅぐちゅと味わうような緩慢な動き。

アシュリーのつま先は絶頂の余韻で宙を掻いたまま突っ張ってしまう。

「愛妾なら、もっと僕を夢中にさせなくてはならないよ。これから王室にはたくさん子を残そう。僕とおまえのように仲の良い兄妹ができればいい」

尻をぎゅっと摑まれて、狭い肉洞をぬちゅぬちゅと押し広げていく。あれほど溢れでていった蜜はまたしとどに溢れ、先ほど混じり合った互いの体液が白濁して流れ落ちてくる。

凶器と化した屹立は、甘い蜜を啜るかのように縦横無尽に突き入れられていく。

「あぁ、ぁっ……」

愛妾――その言葉に、胸を貫かれたかと思った。

これほど愛しているのに、伝わらない。

どうして、こんなふうになってしまったのだろう――。

あの柔らかな日々は、どこへ消えてしまったのだろう。

凌辱されているのに、痛いほど感じてしまう。

内に秘めていた想いが溢れて、しとどに蜜が流れる。

愛する人の熱い体液が最奥を満たすたび、何度、悦びを抱いたかしれない。

孕んでしまったかもしれない。それは恐怖よりも希望にすり替わる。

ああ、この人が欲しい。自分のものであってほしい。

欠片もなく、奪ってほしい。

「愛してるよ、アシュリー。おまえは僕に、そう言ってほしかったんだろう?」

涙で滲んで、サディアスの表情がうまく見えない。

「……っ」

そう、たとえ泡沫《うたかた》の睦言であっても、構わない。

愛してる。そう言ってほしかった。

愛してる、……お兄様を愛してる。

だから――。

変わったのは、兄ではなく、自分だ。

アシュリーは甘く溶けていく意識の中、そんなことを思った。

◇◇◇　◇◇◇　◇◇◇

高原に心地よい風が吹く。時々肌を刺すような冷たさが感じられ、山々にかかる雪が裾を広げているのを目にするようになった。

季節はまもなく秋に終わりを告げ、これから長く続く厳しい冬が待っている。

サディアスは礼拝堂でミサに参列したあと、収穫祭の指揮をとるべく、ハディアソン村へ出立する準備をしていた。

毎年収穫祭は、葡萄畑の中心にあるハディアソン村で行われている。

十年前にそこでは忌まわしい事件が起きた。収穫祭の夜、暴動が起きて火が放たれたのだ。

犠牲になった人々が多くいた。以来、神々に収穫を感謝するだけでなく、亡くなった人々の魂を慰労する鎮魂祭も催されるようになった。それは平和を願う王族の大切な務めだった。

先日もサディアスは視察に行ったばかりだが、今年は特に豊作で、葡萄の実はたわわになり、宝石のように煌めいていた。

収穫祭にはアシュリーも一緒に行くことになっている。だが、今日は別行動だ。

あのように凌辱されたあとでは無理もないだろう。

礼拝堂でアシュリーと目が合うと、彼女は怯えたようにさっと視線を逸らした。

今さらもう元には戻れない。

燻っていた胸の内を吐露したからには、妹の前で隠すことなどないのだ。長年鬱屈していた気分が晴れるどころか、心に棲んでいた凶暴な魔物が、己の欲望を解き放つよう、命じる。

サディアスはアシュリーを凌辱しながら、四歳から今までのことを思い出し、腹の底で虐《しいた》げてきた感情を解いた。

国王はアシュリーを王妃の生まれ変わりだと信じて疑わなかった。

母を亡くして傷心だった実の姉弟よりも可愛がられた血の繋がらない妹の存在が、彼女の無垢で無神経な行動が、どれほど自分を傷つけてきたか――。

この季節の空気を感じると、十年前のちょうどこの日、暴動があった火事の夜のことが思い出される。

父に自尊心と幼心を傷つけられ、火傷を負った時のことが、鮮明に蘇ってくる。

おまえが憎い。

おまえを殺してやりたい。

おまえ一人幸せにさせるものか。

常に涼しい顔をして、妹を大切に可愛がる兄を演じていたサディアスだったが、腹の中で煮えたぎっていた感情は、いつしか偏執的なものに変わった。

おまえを騙してやりたい。

おまえを穢《けが》したい。

おまえを幸せにさせてやるものか。

まんまと騙されて純潔を捧げたアシュリーが滑稽で憐れで、そう感じることでサディアスの征服欲は深く満たされた。

だが、そこですべては終わらなかった。

穢して、虐げて、……そうしたところで別の欲求が湧いてくる。

おまえを放すものか。

おまえは僕のものだ。

おまえを他の男にやるものか。

いつの間にか、サディアスの感情はすり替わっていた。アシュリーを異性として愛してしまっていたのだ。だからこそ、アシュリーが他の男と幸せになることなど許せない。自分の手の中におさめておきたい。

幼い頃から愛情に飢えていたサディアスに新たに芽生えたものは歪んだ感情だった――。

午前零時、サディアスはアシュリーと厩舎で落ち合い、彼女を馬の背にのせてさらい、鐙を蹴った。

毎日、愛妾の塔で、アシュリーを奴隷のように従わせた。彼女は拒絶しない。もしも逃げようものなら、激しくいたぶられることが分かっているからだ。

いたぶるといっても、暴力は振るわない。それだけは決めている。

愛しているだけだ、と正当化するためだ。

そしてアシュリーがいつしか平伏《ひれふ》して、彼女の方から欲しいとねだる。その姿を見るのがいい。

愛しているのだ、とその唇に言わせたい。

何度も、何度も、何度でも――。

けれど、そのうちアシュリーは好きだとも愛しているとも言わなくなった。それがサディアスの屈折した愛情をますます歪ませていった。

「――ほら、こうされると感じるんだろう」

「あ、あっ……やぁ、っ……」

椅子に座らせ、手首を後ろで拘束していた。余すところなく晒したアシュリーの秘所に、サディアスは舌をねっとりと這わせ、ひくひくと痙攣している秘芽を突く。

「ん、はぁ、……ぁっ」

椅子の上で大股を広げ、乱れた夜着から乳房が露わになっている様は、何とも言えず卑猥だ。

アシュリーは涙に瞳を濡らしながらも、恍惚とした表情を浮かべる。

甘い吐息を漏らしながら、もっととねだりそうになる疼きを必死に我慢している。その姿はとても蠱惑的《こわくてき》だった。

二本の指を熟れた蕾の中に挿入すると、柔襞がぬめっと絡みついて蠢く。舌で舐めるたび、媚肉の先についた花芯がひくひくと痙攣し、秘唇からはいやらしく唾液が垂れてくる。

乳房の頂は硬い粒のように張りつめ、浅い呼吸を繰り返すと共に、上下に揺れていた。

濡れそぼった花弁を捲り、膨れ上がった薄赤い陰核を吸い上げる。

「あ、あああっ……」

アシュリーの身体はビクビクと大きく震え、彼女は息絶えたかのようにくったりと背凭《もた》れに身を預ける。

「もう、達ったのか。おもしろくないな。もっと僕を愉しませてもらわないと。愛妾になると決めたのならね。それじゃあ、今度はこれで、達ってもらおうか」

サディアスはペン先でぬるついた花弁を捲る。

「ひ、ぁっ……」

アシュリーの腰はビクンと浮ついた。何をあてがわれているのだろうか、と彼女の表情は恐怖で固まる。

「おまえはこれで、僕への愛を綴ってくれていたんだったよね」

羽根ペンの丸い先がぬぷぬぷと蜜壷に入っていく。その様子を眺めながら、愛おしい妹の表情が、苦悶と喜悦の混じり合ったものに変わるのを、見守る。

「お兄様、もぅ、……やめ、てっ」

「おまえが望んだことだろう。今も、おまえが自分で吸い上げているんだよ」

挿入するごとに締めつける。その姿を嘲笑すると、唇を噛みしめ、恨みのこもった瞳を向けられる。

どうして、こんなことをするの……？

そんな感情が伝わってくる。

けれど、アシュリーは決してサディアスを罵倒するようなことは言わなかった。いや、やめて、と泣くような声をあげながらも、嫌いだとか、恨みごとは口にしない。

好きだからこそ受け入れようとする――そんな彼女の純粋な想いを冒すことで、サディアスの心は満たされていたのだ。

「……ほら、おまえが欲しいものを挿れて欲しいなら、言わないと。ここそこ日記なんか書いたりしないで」

羞恥心で潤んだ瞳を向け、アシュリーは懇願する。

「おにいさま、……おねがい、……腕をほどいて」

「それはできないな。おまえは蝶のように逃げようとするだろう」

「……はぁ、……っ……しないわ……だから、……」

「何を望んでいるの？　おまえは……」

「ちゃんと、……はぁ、……抱いて、ほしいの」

「分かった。腕は解いてあげよう。その代わり……おまえが挿れるんだ」

サディアスはアシュリーの腕に巻いたリンネルを外し、彼女を抱き上げた。

「きゃっ……」

サディアスは椅子に腰かけ、張りつめた自身を寛《くつろ》げる。そしてアシュリーの腕を引き寄せ、跨がるように命じた。

「さあ、挿れてごらん」

「ん、……ふぅ……あっ」

濡れた切っ先が、彼女の蜜壷にぬちゅりと入っていく。柔らかい温もりがサディアスの怒張を包みこみ、彼女は恥ずかしそうな顔をして、瞳を揺らす。

小さな手をサディアスの肩に置いて、ゆっくりと腰を動かしはじめた。

「そう。おまえが望むように動いてごらん」

「あ、ぁっ……わから、な……い」

サディアスは小さな尻の柔肉を揉みながら、下から突き上げた。

「あああっ」

「ほら、おまえが動かないから。いつまでも吐き出せないじゃないか」

「ひ、んっ……あっ……」

腰を摑んで容赦なく突き上げると、アシュリーの胸はぶるんと震え、彼女の唇から赤い舌が覗く。

「あ、あっ……お兄様っ……」

「……ああ、我慢できなくなってきたのかい。やっと動いてくれたね」

唇を吸い、可憐な蕾を開かせるように舌を挿入する。ぬるついた舌を絡ませながら、彼女が腰を上下にぎこちなく揺するのを支え、茂みに隠れた秘粒を指の腹で擦り上げる。

「ん、……んっ……ふぅ……あっあっあっ」

唇が外れ、唾液が滴る。アシュリーは濡れた瞳で懇願するように縋りついてくる。

サディアスは身を屈め、きゅっと硬く尖った乳首を吸う。

アシュリーはガクガクと身体を揺らし、もっと欲しいと腰をくねらせる。

サディアスは、自分の腹の上で乱れ、幾度も絶頂に向かうアシュリーを、まるで玩具で遊ぶかのように眺めていた。


——こうして夜ごとに妹を犯す。

城の誰も秘め事など知らない。

二人は仲の良い兄妹だ。

自分は可哀想な妹を、慰める優しい兄だ。

腹黒く燃えさかった感情に、歯止めが効かなくなっていった。

「おやすみ。また明日……」

サディアスは馬で王城に帰ったあと、アシュリーを部屋に送る。唇をそっと頬に寄せると、彼女は哀しげに睫毛を伏せた。

サディアスは一人になってからアシュリーが綴った日記を眺めていた。何を書いていたのか見せてみろと命じ、今夜落ち合う前に持って来させたのだ。

『……お兄様のことが好き』

愛くるしいほどの笑顔を見せるアシュリーが、思い出される。

『ずっと、お兄様と一緒にいられたらいいのに……』

罪悪感という奇妙な感情が、ゾッと背を撫で上げる。

サディアスは日記の一部を引き破り、手のひらでぐしゃりと丸めた。

「……後悔？　しているわけがない」

もう少しで復讐は完成する。凌辱の限りを尽くしたあと、アシュリーを突き放してやるのだ。

だが、眠りにつく前に、もう一人の自分が責める。

これでよかったのか。これでよかったはずだ。激しい乾きに苛まれる。

花が綻ぶようなアシュリーの笑顔が、いつまでも浮かび上がっては消えての繰り返しで

……寝付けない日々が続いた。

第八章　囚われの愛

鎖に繋がれた愛――。

たとえ憎しみを注がれていた過去が事実でも。

いつからか愛してくれていたのなら、今の愛が真実。

そう信じていたい。

もしも私が一人で残されず、ベーゲングラードの国王に拾われずに隣国の王女として二人が出逢ったら、どんなふうに愛してくれたかしら……。

アシュリーはサディアスに囚われて抱かれるたび、そんなふうに想像した。

甘い愉悦に酔いしれながら、逞しい胸に頬を寄せながら、夢現《ゆめうつつ》にも想う。

そうしたら普通に恋をして結婚できたかしら……と。

サディアスが言っていた火事の記憶――。

アシュリーはその日のことをやっと思い出すことができた。

収穫祭の夜、ハディアソン村に火が放たれたことを……。あまりにもショックで記憶から自然と追い出すようにしてしまっていたのかもしれない。今、それが鮮やかに蘇ってくる。

炎で燃えさかる木が倒れてきた時……、国王が身を挺してアシュリーを守ろうとした。火で燃えた木はサディアスの方に倒れ込み、寸前のところで彼は護衛騎士に助けられた。

だが、その折に……火傷を負ってしまった。

国王は必死にアシュリーを抱きかかえて守り、騎士に連れられていったサディアスは酷く傷ついたような顔をしていた。

王城に戻ったあと、ありがとうと伝えたかったのに、サディアスはアシュリーの方を見てくれなかった。それから何日も口をきいてくれなかった。

(でも、お兄様は、あの時……)

そう、あの時――。

サディアスは守ろうとしてくれていたのだ。

必死に手を伸ばして……。

アシュリーは怖くて足が動かなかった。火が猛然と襲ってくる中、国王はサディアスよりもアシュリーを守った。それが、彼の心を病ませてしまった原因に違いない。

もしも、サディアスの手を摑めていたのなら、今とは違った未来があったかもしれない。少なくともサディアスの心を傷つけることはなかった。

サディアスは母を亡くして哀しんでいた。そんな時に、赤の他人であるアシュリーが父の愛をとってしまった。

つまり、サディアスから両親を奪ってしまったも同然なのだ。

(そうよ。悪いのは、私なんだわ……)

アシュリーは母がいなくても父の愛があったから、こうして健やかに過ごしてこられた。何よりも兄の、サディアスの愛情があったから――。

でも、その愛は……。

「アシュリー」

名前を呼ばれて、ハッとする。

毎夜、午前零時を回ると、サディアスは迎えにやってくる。

そして愛妾の塔に連れ出され、身が燃え尽きるほど抱かれる。

——そんな日々だった。

アシュリーは奴隷のようにサディアスに服従し、彼の思うままに奉仕する。そうすれば彼は愛を与えてくれる。最初は哀しかった。どうしてこんな酷いことをされるのだろう、と地獄の苦しみを味わった。

サディアスが、男に拓かれる行為はまさに地獄の苦しみだと暗喩していたことが、分かった気がした。

けれど日が経つにつれ、サディアスに抱かれるたび、アシュリーの感情はだんだんと麻痺してしまっていた。

愛されたいと願った気持ちは、悦んでもらいたいという昂った感情にすり替わり、彼の思うままにできるよう必死に尽くすことで自身を満たすようになった。

今夜はベッドの上に腰を下ろしたサディアスの前に、アシュリーは跪いていた。

「さあ、咥えて」

トラウザーズから引き摺り出した肉棒を握らされ、アシュリーはその先端に口づける。

そっと舌を這わせると、僅かに彼は反応する。拙《つたな》い動きでは彼はきっと満足しない。

「ん、……」

舌先でくりゅくりゅと先端を舐り、茂った陰毛の下まで這わせ、そしてまたゆっくりと先端をめがけて舌の腹を動かす。

「ああ、悪くないね。もっと裏側まで、舐めて」

アシュリーは陰嚢の裏側まで丹念に舌を這わせた。丸みを帯びたところを吸いながら、彼の淫茎を握りしめる。

手の中で扱いていた熱棒がさらに硬く張りつめ、陰嚢から肉茎全体に舌を這わせ、裏筋をちろちろと舐めると、先端の割れ目から、先走りが滴る。ねっとりと絡みつく苦いものをじゅっと吸い上げると、サディアスは満足したようにアシュリーの髪を優しく撫でた。

昔からそうして髪を梳いてくれた。それがアシュリーはとても好きだった。嬉しくなって、アシュリーは先端から咥え込み、じゅぷじゅぷと音を立てながら舐めしゃぶる。

「は、ふ、……ん、……んっ……」

「いつからおまえは、そんなに上手になったんだい？　僕は教えたつもりはなかったはずだ。まさか、他の男を咥えているわけじゃないだろうね」

アシュリーは首を横に振る。

サディアス以外にこんなことをしようとは思わない。

「乳首をそんなに勃たせて。咥えながら感じてるのか。随分いやらしい女になったんだな。僕が教えてあげた時は、まだ何も知らなかったのに」

サディアスは、くっと喉を鳴らして嘲笑した。

アシュリーの白い乳房の先は、きゅっと硬くなっていた。そればかりか、腰の奥が疼いている。秘所はとろとろに潤み、彼が先走りを垂らしたのと同じように、蜜口からつっと愛液が滴ってくる。

夢中でしゃぶっていると、顎をぐいっと引き離され、ちゅぼっと唾液が零れた。

サディアスはアシュリーの濡れた唇の中に、彼の長い指を挿したり抜いたりする。

「ん、……ン」

「次は脚を開いて。こんなふうにおまえが挿れるんだよ」

彼の言いたいことを察したアシュリーは、おずおずとサディアスの上に跨る。彼は自分で肉茎を握ろうとしない。そうしなくても十分に膨れ上がった切っ先が、アシュリーの蜜壷に入っていきそうなぐらい張りつめていた。

ぬぷぬぷと小さな音を立てて、彼のものを受け入れていく。いつもなら自分の中に沈み込んでくる剛直。それがアシュリーの思うままに絞られていく。

サディアスの肩に摑まり、腰を上下に揺すぶる。根元まで飲み込ませると、ぐちゅぐちゅと淫猥な音が響きはじめた。

　下腹部をうねらせる腰に、サディアスの手が添えられて、それから両方の乳房を揉みしだかれる。

「あ、……っ」

「いやらしい眺めだ」

　冷たい視線が突き刺さる。

　ぎゅっと胸の尖りを摘まれ、吐息が乱れる。

「ん………ぅっ」

「もっと腰を動かして、ここを、弄りながら。気持ちいい場所、分かるだろう？」

　今度は秘所の先についた花芽をくにくにと指で擦りながら、命じてくる。細やかな快感に打たれて、ぎゅっと中が締まった。

「は、ぁっ……」

　アシュリーは自分の秘芽を指で弄りながら、サディアスの怒張が突き上がってくるのを受け止める。

「そう。中がちょうどよく締まって、気持ちいいよ」

　サディアスは柔肉を撫でながら、下から突き上げてくる。

「あ、あっ、あっ……」

乳房がぶるんと弾む。サディアスは腰を丸め込み、尖端の粒に舌を這わせ、じゅっと吸いつく。かぷりと歯をあてがわれ、甘く擦られる。

「あぁっぅっ……」

肌を焼く、拷問のような愛撫から逃れようとすると、鞭を打つように下から激しくぱつぱつと突き上げられる。

アシュリーを犯していた熱の塊が、引き摺り出される。彼の肉棒は蜜に濡れてドクドクと脈を打っていた。

ベッドに仰向けに寝かされ、次を命じられる。

「……アシュリー、自分で脚を開いて、膝を持って。おまえの中に、たっぷり吐き出してあげるよ」

ぬぷ、と亀頭が埋め込まれ、ずんっと突き入れられた。

「あぁあっ！」

ぎゅっと閉じ合わせた瞼の裏がちかちかして、一瞬にして浮遊感に苛まれた。

アシュリーの潤んだ体内で、サディアスの肉茎はよりいっそう興奮したように硬くなる。

熱い鋼《はがね》のような彼の分身で弱いところを狙って責めたてられ、アシュリーはとうとう絶頂に追いつめられた。

「あ、……いやっ……いくっ……あ、ぁぁっ！」

ビクビクと蠕動する柔襞に包まれた彼の熱がついに弾ける。

「……っ」

熱く迸るものが、最奥にびゅくっとかけられた感触がした。

飲み込みきれなかった分と混ざり合った白濁の体液が、こぷりと中から流れていった。

こんなにしては孕んでしまう。

そんな恐れを抱いて拒絶をしても、サディアスはやめてくれなかった。本当にこの愛妾の塔で、子を産み落とすことになってしまうかもしれない。

そんな考えが頭をよぎった。ぼんやりとした視線をサディアスの方に向ける。

行為が終わればいつものように唇を重ねて、また明日の夜の約束をして、馬にのせられていくのだと、アシュリーは思っていた。

ところが、サディアスは唇を重ねることはせず、アシュリーの身体から離れた。

荒々しい呼吸が入り乱れる。ゆっくりと静寂が戻っていく。そののち、

「――戯れも今夜までだ。おまえを解放してあげるよ、アシュリー」

サディアスは尊大に言い放った。

「どうして……」

「僕は妃《めと》を娶ることになった」

彼に愛されて火照った身体が、急速に氷のように冷えていくようだった。

ああ、ついにその日が来てしまったのだ。

アシュリーは深淵に突き落とされたような気持ちで、サディアスを見ていた。

サディアスは何がおかしいのか愉快そうに口を歪める。

「どうやら……愛妾を持つことを嫌うご令嬢のようだ。政略結婚なのだから致し方ない。おまえなら、その気苦労を分かってくれるはずだろう？」

「…………」

喉の奥に苦いものが溜まる。

何も言葉にならずに、アシュリーは唇を噛みしめ、サディアスを見つめていた。瞳には涙の粒がどんどん大きく膨らんでいく。

「あれほど中に注いでやったのだから、おまえは孕んでいるかもしれないけど、でもそうなったら、おまえの母親と同じようにすればいいんじゃないかな。それが僕とおまえの運命なのだから」

高らかに嘲笑するサディアス。

アシュリーは初めて兄を酷い人だ、と思った。

その瞬間、静寂な部屋に水を打ったような音が響く。

思わず、手が出てしまった。

力いっぱい殴ったサディアスの頬が赤く染まる。

痛々しい痕を見て、苦しくなったのは自分の方だった。

分かってほしい、分かってもらえない、そんな感情が湧き上がって、錯覚を起こす。

アシュリーは改めて、兄の歪んだ愛に気づいてしまった。

彼は人知れず孤独を抱えていた。それにもっと早く気づいてあげられればよかったのに。

「もっと、早くにあなたを、愛したかったわ……」

アシュリーが苦しげに告げると、サディアスは苛立ったように顔を歪め、拳をぐっと握りしめ、その手を震わせた。

「愛したかった……？」

自問自答するようにサディアスが呟く。

「……おまえが、妹でなければ。僕を苦しめる……存在でなければ……どうして、おまえは……」

サディアスの背中が小刻みに震えていた。彼の口から弱音を聞くのは初めてだった。

アシュリーはそんなサディアスの様子にたまらなくなり、サディアスの背にそっと腕をまわして、温かな胸の中に頬をすり寄せた。

それでも、あなたが好き……。

甘い鎖に縛られて、このまま身が朽ちたとしても、構わない。

そうまで愛してしまった彼を、忘れるなんてできない。

「……私のこと、許さなくたっていいわ。お兄様の気持ち、分かったの……憎くたっていいわ。私はそれでも、お兄様のことが……大切なの」

アシュリーの瞳から涙が溢れる。

それほど、愛しているの……。

愛を告げられないなら、せめて言葉の背に隠させて——。

そして全てを受けいれよう。これまで兄が苦しんでいた痛みを、何もかも。感情は封印してしまおう。もう誰も傷つけないように。

◇◇◇　◇◇◇　◇◇◇

翌日、サディアスは政務を一段落させたあとで、アシュリーのもとを訪ねた。彼女は強張った顔でこちらを見上げた。侮蔑するようなものでもなく、愛する者を見る目でもない、ただ人形のように無表情のまま視線を預ける。それが憐れまれているような気がして、サディアスはいたたまれなくなる。

解放してやる、と告げた途端、滑稽な自分がぽつりと闇の中に取り残された気分だった。アシュリーを陥れてやろうと考えていたはずだった。それが……なぜこんなにも胸が苦しくなるのだろう。

彼女を凌辱した。復讐は果たせたと思った。それなのに、渇望が止まらない。少しも激昂する感情が治まらない。何か突き動かされる焦燥《しょうそう》のようなものが、闇から手を伸ばして、サディアスを引き摺り落とそうとする。

『……おまえが、妹でなければ。僕を苦しめる……存在でなければ……どうして、おまえは……』

続く答えを、サディアスは嚥下した。

一体何を……言うつもりだったのか。

サディアスは淡々とした声色を装い、アシュリーに話しかけた。

「久しぶりに遠乗りしに行かないか」

アシュリーは様子を窺うような瞳を向けた。けれど彼女は拒絶することはない。

「いいわ。私も行きたいと思っていたの」

サディアスは思わずアシュリーの顔を覗き込んだ。彼女は人形のように無表情だった。否、無表情を装っているかもしれなかった。


それから二人はレイメール湖を目指して遠乗りをした。

山間から風が強く吹き付けてくる。旅装用の外套《がいとう》を羽織ってはいるが、外気に触れた頬がひりひりと痛むほど冷たい。まもなく山岳の一帯が雪に囲まれていく厳冬の季節に入っていくだろう。

風光明媚《ふうこうめいび》なこの国の青々しい草原が、強風に煽られてざわざわと揺れていた。

「お兄様が初めて誘ってくれた日、やっとお兄様と心を通わせ合えたと思ったわ」

「……僕があの時、何を考えていたか、おまえは分かっていなかった。今なら、気づいているだろう？」

アシュリーは震える身体を振り向かせる。この少し先は崖だ。海に根ざした大地も、年月を経て風化すれば脆《もろ》くなる。アシュリーはゆっくりと後ずさる。ぱらぱらと足元で土煙が立ち上がり、破片が紺碧《こんぺき》の海に吸い込まれていくのが見える。

彼女の瞳は涙で濡れていた。だが、憎しみは伴われていない。何かを諦めたようにこちらを見ている。

サディアスはアシュリーがなぜ無表情であるのか、今になって何かの予感に囚われた。あの日の自分は、アシュリーと心を通わせようとしていたわけじゃない。このまま突き落として、殺してしまえば……という衝動に駆られたのだ。

だが一欠片の理性が、サディアスを引き留めた。

きっとアシュリーも同じことを思い出している。もしかして彼女は……。サディアスの心臓が不穏な音を奏でていた。

「知らなければ幸せなことの方が、ずっと多いものなのね」

アシュリーが自分に言い聞かせるかのように呟いた。

「でも――」

アシュリーが意を決して何かを言おうとしたその時。急に突風が吹き抜け、華奢なアシュリーの身体が押され、そのまま海へ、空に吸い込まれていきそうになる。

サディアスはアシュリーの言葉を待っていた。だが、彼女は崖の方へと行き先を変える。

哀しげに向けられた碧い瞳が、すっと崖の下へと向けられる。

アシュリーが飛び降りようとしている、そう気づいた時、サディアスは咄嗟に叫んだ。

「――アシュリー！」

サディアスは脇目もふらずにアシュリーの腕を掴み、力いっぱい抱き寄せた。

それはほんの咄嗟の行動で、衝動的なものだった。

「……お兄様」

アシュリーが驚いたような顔で見つめてくる。

心臓がどくどくと不穏な音を立てている。腕の中で震えるアシュリーの存在を確かめたくて、何度も力を込めた。

「……僕は、おまえをこんな目に遭わせるために、今日ここに連れてきたわけじゃない」

サディアスの拳が震えていた。彼の瞳からは一筋の涙が零れ落ちていった。

◇◇◇　◇◇◇　◇◇◇

「……私、どんなお兄様でも、やっぱり好きよ。愛してるの……」

アシュリーは、伝えようとしたことを改めて口にした。

あの塔の中で、だんだんと自分が壊れていったとしても、サディアスのことを考えたら、どうということはなかった。

命など惜しくないとすら思った。

そう感じたのは、どこかでサディアスを信じているからだ。

暗闇の中の一筋の光——それは多分、自分だけが信じられる、愛の光。

たとえ、サディアスに届かなかったとしても、彼がこうして抱きしめてくれた、その事実が何よりの証《あかし》に思えた。

たとえば復讐心を抱えて近づいてきたかもしれなくても、すべてが悪ではない。サディアスには闇の中に痛みがある。その痛みを受け止められるのは、きっと自分だけ……。

アシュリーはもう一度まっすぐに瞳を向けて、告げた。

「私、あなたのことを愛してる。あなたの全部を愛したいの」

アシュリーの頬にも光の粒が滑り落ちていく。

その時のサディアスの表情がどうだったかは、涙で揺らいで見えなかったけれど、一瞬、強く抱きしめようとしたその仕草が、彼の本質を物語っているのだとアシュリーは思う。

そっと腕を放され、サディアスの指先がアシュリーの頬にそっと這わされていく。

「アシュリー、僕は、おまえをたしかに恨んでいた。でも、いつしか稚拙《ちせつ》な恨み事よりも、僕を慕ってくれる愛らしいおまえに心が揺れた。どうしようもなく惹かれてしまった。どれほど、この手で穢してしまいたいと願ったことか……。それなのに、おまえが他の男に抱かれると想像しただけで、この身が焼けて朽ちるのではないかと思うほど……僕は……」

「お兄様……」

「アシュリー……どうして、おまえは――」

サディアスは苦しげに声を震わせ、アシュリーを抱きしめる。

それから互いに見つめ合い、慈しむ口づけが、幾度となく交わされた。

呼吸も忘れてしまうほどに。

それは今までで一番深く優しいキスだった。

二人はそれからレイメール湖の傍にある洞窟の中に移動した。ここは幼い頃によく来た場所であり、以前にも二人でこうして抱きあってキスしたことがあった。

「ここは思い出の場所だね。きっといくつになっても……」

サディアスの声が響き渡る。アシュリーは彼の手をしっかりと握りしめ、転んでしまわないように岩の上を歩いていたのだが、感情が昂っているせいで、膝が震えてしまっている。

「きゃっ」

足がずるりと滑って泉に落ちてしまいそうになるところを、サディアスがしっかりと腰を抱き寄せてくれたが、一段深くなった泉に膝のあたりまで浸ってしまう。

サディアスは引きあげるどころか、アシュリーのもとに近づき、互いに濡れたままで、見つめ合った。

互いに無言のままで、見つめ合っていた。

今にも口づけできる距離で互いの吐息が乱れる。

「……アシュリー」

低く掠れるようなサディアスの声。それはひどく官能的な甘さに満ちていた。

サディアスが何を求めているのか、アシュリーには分かった。

互いの昂っている感情は、互いでしか宥めることができない。それを本能的に知っている。

サディアスの唇を受け止め、先ほどのキスの続きを交わす。

舌を深く絡めると、くちゅりと淫猥な音が響いて、全身が火照ってきてしまう。

身体は、サディアスに深く求められることを望んで熱くなり、いつの間にか背面に回っていた彼の指先にドレスの紐を解かれ、まろやかな乳房を弄られていた。

「ん、……はぁ、……あ、……っ」

サディアスを強く感じて、硬く張りつめた頂ごと、激しく揉みこまれる。その間にも濡れた舌先に口腔を舐られる。

「……おまえが欲しくてたまらない。今まで以上に……」

「……お兄様」

アシュリーはサディアスの首にしがみついた。

「わたしも、……私もよ」

アシュリーの秘めた花処はとっくに潤んで、サディアスの隠されていた欲望はすでに硬く張りつめている。

トラウザーズを寛げて露わになった彼の屹立が、アシュリーの秘めた蜜口に埋まる。

岩場の上になだれるようにして、二人は激しく交わり合う。

もう、言葉は何もいらなかった。

ただ、求めるままに……互いのことが欲しかった。

「……お兄様、……、……はぁ、……あっ」

アシュリーは熱に浮かされたように吐息を漏らし、サディアスにしがみき、互いが添うように腰を動かした。サディアスは彼女の臀部を支え、口づけと共に律動を繰り返す。

「アシュリー……っ……」

「ふ、……あぁ、……あっ……あぁ、……っ！」

互いの吐息が漏れる声が、淫らに交わる水音が、洞窟の中に響いていく。

濡れた衣装など構っていられなかった。

二人は言葉を交わすよりも、互いの存在を確かめあうように抱きあい、全身で互いの熱に没頭した。

愛してる。

愛してる……。

ずっとずっと、愛してる。

永遠にこうしていても構わない、と思うほどに――。

◇◇◇　◇◇◇　◇◇◇

アシュリーを抱きながら、サディアスはもがいていた。

冷たい海に沈み込んでいた想いがじわじわと浮き上がってくる。

やり場のない憎しみ、押し潰された感情、それらを抱えた自分の重たい身体が、きらきらと輝く水面へと手を伸ばし、もがいていた。

それは――希望の光。

輝く場所にあったのは、温かなアシュリーの笑顔、柔らかく包み込む小さな温もり。

憎しみを抱えて生きてきた。彼女に復讐することを考えていた。だが、何度もゆらゆらと揺らぎそうになった。

彼女が笑うたび。
彼女が涙を流すたび。
彼女が愛らしく甘えるたび――。
別の感情が湧き上がる。説明のつかない何かが突き上がってくる。
すべてが欲しい。
憎しみから揺らぎだした心はいつからか別の想いへと移ろいでいた。
憎悪でもない、執着でもない、今、只一つ分かるのは……。
「僕はおまえを……愛していたんだ」
息を吹き返したかのように、サディアスの唇から零れていく。
アシュリーの中で果てたあと、澄んだ泉のような彼女の瞳からは涙が零れていった。
激しく渇望していた愛。
それをアシュリーに求めていたのかもしれない。
本当の愛へと変わっていたことも気づけずに、壊してはじめて気づかされた。
彼女がすべてを愛してると言ってくれたように。
すべてを受け止めることが真の愛だというのなら、僕は――何をすべきか。
「アシュリー……僕はおまえを、……愛してるんだ」

サディアスは自分の想いを確かめるように、そう繰り返した。
まるで赤子の産声であるかのように、澄んだ声色で――。

第九章　光の箱庭

轟々と吹雪く夜が明けた冬のある日。

国王に謁見を願い出ていたイリウム王国のステファン王子が、アシュリーとサディアスの二人に会いたいと待っているらしい。

一体何の話があるのだろう、とアシュリーは不安を抱きながら、サディアスと共に応接間に向かった。

ステファンと顔を合わせるのは、三ヶ月ほど前の舞踏会の日以来だ。

二人が応接間に行くと、今か今かと待ちわびていた様子で、ステファンは矢のような速さでサディアスの前に立ち塞がり、突然書類を突きつけてきた。

「サディアス王子、あなたへの訴状です」

「これはどのような？」

サディアスは動じることもなく問い返す。

「あの舞踏会のあと、侮辱罪、詐称罪……。それらを私はアシュリー王女に追及するはずでした。だが、事情が変わった。あなたは、もっと重要な過ちを犯しているのではないですか、サディアス王子」

ステファンはしたり顔で、確証を得たと言わんばかりに鼻を鳴らし、サディアスの前に立ち塞がる。

彼らの間に挟まっていたアシュリーの顔からは、さっと血の気が引いた。

ステファンが言いたいのは、サディアスとアシュリーの二人の関係のことだろう。一体どこから知ったというのだろう。足が震えてきてしまう。

だが、サディアスは意に介したふうもなく、鷹揚に言い返した。

「過ち？　それには異論を唱えます。僕はアシュリーを一人の女性として愛している。それが……何か問題でも？」

サディアスの仮面は崩されなかった。そんな彼の態度が気に入らなかったのだろう。ステファンが表情を強張らせ、声を荒げる。

「何をおっしゃっているのかご自分で分かっていらっしゃらないようだ。とても正気の沙汰とは思えない。血を分けた実の妹ですよ？」

「ああ、そうだね。僕は妹を愛している。僕たちは何度も愛し合った。あなたが僕から彼女を奪う前にね。ああ、もしかして、それをお怒りなのかな」

矢面に立たされても尚、サディアスは淡々と答えるだけだった。

わざと怒らせるように仕向ける。それは彼の常套手段だ。

隣に立っていたアシュリーはどう口を挟んだらいいのかも分からず、狼狽えるばかりだった。

ステファンはプラチナブロンドを振り乱し、鋭い目をますます細め、大仰に手を広げた。

「――酔狂だ」

騒ぎを聞きつけたのだろう。ウエルトンと近衛兵が応接間に入ってくる。

「殿下、一体、何事ですか……これは、ステファン王子」

ステファンは興奮をどうにか抑えるようにして、ウエルトンに言い放つ。

「私はアシュリー王女を迎えにあがりました」

アシュリーは驚いて、ステファンを見る。

「今、聞いただろう。あなたの疑いは晴れたのだよ。私はずっとおかしいと思っていたんだ」

「純潔の女でなくともいいのだと言うのだね、ステファン王子」

　サディアスがそう問いかける。

「過ちだったと請えば許すつもりだ。アシュリー王女は陥れられた。サディアス王子こそが罪人だ。さあ、狂った兄のことなど早く忘れ、私のところにくるがいい」

　自国の世継ぎの王子が罪人扱いをされるとは……とウエルトンは瞠目《どうもく》し、事の成り行きに目を瞬《しばたた》かせる。

　ステファンに強引に手を引かれて、アシュリーは猛然と振り払った。

「いやっお兄様っ……だって、私たちは！」

　アシュリーが真実を吐露しようとした刹那《せつな》、サディアスは首を横に振った。

「アシュリー、ダメだ。言ってはならないよ」

「どうして……」

　アシュリーは、サディアスが本当は繊細で優しい人なのだと分かっている。自分に対して恨んでいた以上にきっと愛してくれていた。

　もしも今自分がイリウム王国の王女であるはずだったと告げてしまえば、生まれてすぐに置き去りにされるほど生を受けるべきでなかったアシュリーの命はないだろう。そしてアシュリーの本当の母であるイリウム王国の王妃にまで迷惑がかかる。

隠蔽《いんぺい》していた父、ベーゲングラード国王にも容疑をかけられてしまうかもしれない。サディアスはそれらから守ろうとしてくれているのだ。

「僕たちは愛し合ってはいけなかったのかな。そうは思っていないよ。今の今なら……ね。僕もすべてを受けとめる。おまえが……そうしてくれたように」

サディアスが瞳を伏せてそう告げた途端、ウエルトンが顔を強張らせた。茶番ではないと、ようやく状況を飲み込んだようだった。

「殿下、あなたという人は……どこまでも妹君に執着されておいでとは思いましたが……」

ウエルトンは言葉を失くして、サディアスを見た。しかし彼の瞳は美しい泉のように清《せい》廉《れん》だった。

何もかも——諦めて、黒く染まった魂を、空に返すかのように。

「ウエルトン閣下、僕は国家を貶《おとし》めるべく反逆を起こしたようなものだ。追放してくれても構わない。投獄すると言うのなら、従おう」

「お兄様……っ」

サディアスがそう告げ、ウエルトンの指揮により兵が捕えようと構えていた、まさにその時だった。国王の姿が応接間の入り口に差し掛かる。

「国王陛下のお通りです」

ドアの入り口を警備していた兵が声をあげ、それぞれが身を改める。

国王の隣には見たことのない美しい女性の姿があった。

琥珀色に煌めく髪、雪のように白い肌、碧氷色《アイスブルー》のような澄んだ瞳、薔薇のような唇――。

生き写したようにアシュリーにそっくりな女性が現れ、サディアスはアシュリーと交互に女性を見た。

「――どうか、争い事はおやめください。謝らなければならないのは、私です」

澄んだ声が響き渡る。

ウエルトンは女性の姿を見て、目を見開く。

「イリウム王国の……王妃様。あなたが……なぜ、こちらに？」

「……王妃様が、すべてを打ち明けることを望まれたのだよ」

国王が沈鬱な面持ちでそう言い、アシュリーとサディアスの方を見る。ステファンは一体何が起こっているのか分からぬ様子で、自国の王妃を見た。

「アシュリー王女、どうか許していただけますか。生まれたばかりのあなたを……手放してしまったことを」

アシュリーと同じ色をした瞳がゆらゆらと揺れる。

「――何だって？」

ステファンの声が割って入る。王妃はきっぱりと言い切った。

「アシュリー王女は、私が産んだ子です」

アシュリーは思わずサディアスと目を合わせ、そして国王を見た。

ステファンは唖然として、成り行きを見守り、ウエルトンは俯きがちに手を組む。

「……お母様？」

アシュリーの声が震えた。

「ええ。そう呼んでもらう資格など、ないけれど……だからこそ、私の務めを果たしにきました。身勝手なお願いと分かった上での提案です。アシュリー王女、我がイリウム王国に戻っていただけませんか」

「私が、イリウム王国に……それは」

ステファンのことを気にすると、王妃は首を横に振った。

「いいえ。あなたを我が国の王女として迎えたいのです。そうすれば、きっとあなたの心の蟠《わだかま》りも消えるでしょう」

「でも、それでは……」

「ご心配は要りません。我が国王から許しを得てきました。長年のすれ違いを解消したのです」

王妃は凛とした姿勢を崩さず、目を細く緩め、優しく見守る。

アシュリーは思わず国王を見た。

「おまえの望むようにしなさい」

「お父様……」

「あぁ、おまえにそう呼ばれる日々が、とても幸せだったよ。私はそれで十分だ。それにより……おまえたちを苦しめてしまったことを詫びたいと思う。すまなかった、サディアス」

国王に呼びかけられたサディアスの顔が苦しげに、哀しげに、歪んでいく。肩を震わせている。

怒り、悲しみ、憎しみではなく、懺悔《ざんげ》を抱いた表情だった。

水を打ったように静まり返った応接間の中、アシュリーはサディアスに歩み寄った。

「……私、……サディアス王子殿下を、愛しています」

サディアスが、悲しみに満ちた瞳で、アシュリーを見る。

「アシュリー……」

「だから、我が儘を許されるのなら、いつか……妃として受け入れていただけますか？」

長い、沈黙が訪れる。

サディアスはアシュリーを見つめて、瞳を滲ませた。そこには自責の念が込められていた。

「僕はずっとおまえを恨んでいた。凌辱するように閉じ込めたのも、そのためだよ。それでも……僕の傍に来ると言うのかい？」

サディアスは悲痛な面持ちで訴えかけてくる。

けれど、もう、アシュリーに迷いはなかった。

「……お兄様は私を大切にしてくれた。とても愛してくれた。今だって、命さえなかったところを庇ってくれたわ。これまでのことが全部……嘘だなんて思わない。すべてを受けとめると言ってくれたでしょう？」

アシュリーの瞳に涙が溢れ、サディアスの瞳にも同じように光が溢れた。

互いのその色は違っても、きっと感じている気持ちは一緒だ。

「……ごめん。アシュリー……」

「お兄様……」

「……おまえを、ずっと憎んでいた。でも……気づいたんだ。今は、この身が焼け落ちても構わない。そう思うほど、おまえを心から愛している」

「……分かってるわ。お兄様、……私だって、同じよ」

愛している――。

二つの魂が寄り添って、共鳴している。

そんなふうにも感じられた。

その腕の中にいられることが、やはり幸せなのだと、改めて思う。

たとえ檻《おり》の中にいても、箱庭から空を仰いでも、そして自由を得て羽ばたいても――彼のいる世界こそが、幸福の地なのだ――と。

アシュリーは心から愛していると言ってくれたサディアスの想いをそっと胸に仕舞いこんだ。いつかきっと二人は一緒になれる、そう信じて。


それから――。

二人の今後についてまた処分については両国で会議にかけられた。

様々なことが覆される中で簡単にはいくわけがない。それは覚悟の上だった。

王位継承の問題、相続や婚姻の問題など、様々なことが取り沙汰された。

一夫多妻制が生んだ悲劇。それを繰り返さないよう、法を見直すことも考えられた。

二人に会うことが許されたのは一年の猶予のあとだった。

アシュリーはイリウム王国に入ることを許され、サディアスはベーゲングラードの王位継承者として、よりいっそう研鑽《けんさん》を積むことを誓った。

アシュリーがサディアスの子を孕まなかったのは、過ちを重ねないための神の導きだったのかもしれない。そんなふうにイリウム王国の王妃はアシュリーに言って聞かせた。

長く厳しい冬が終わり、温かな春がやってきて、それを、もうひとめぐりしなければ、サディアスに会うことはできない。


「――また文を書いていたのか、あなたは」

呆れたような声が聞こえ、アシュリーは振り返る。

ステファンが横柄に腕を組んで、こちらにやってくる。

薔薇園の東屋のところで、アシュリーは手紙を書いていたのだ。

「そんなに綴ったところで、書簡は許されていないのだろう」

そう。連絡を取り合うことも今は禁じられている。

ステファンはため息をつき、妹となったアシュリーを、まだ信じ難いといった様子で見つめていた。

彼はイリウムの国王と第一夫人の子であり、アシュリーは第二夫人である王妃と亡くなった騎士の子である。アシュリーとステファンは血の繋がりこそなくとも、今はれっきとした兄妹だ。

兄という言葉に、懐かしさと恋しさで胸が張り裂けそうになる時、アシュリーは手紙に想いを綴った。

たとえ書簡が許されず、届かなくても、いつしかこの想いが伝わることを信じて。

そして兄となったステファンを、アシュリーは改めてまっすぐに見るようになった。

以前は好きでもない人と結婚させられることへの拒絶から、彼を知りもせずに先入観だけで嫌っていた。

実際はこうしてアシュリーのことを気にかけてくれる優しい一面もあるのだ。

「……ステファンお兄様、気にかけてくださってありがとう」

「あなたにそう言われるとむずがゆくなる」

照れているのか、ステファンはそう言い捨て、くるりと背を向ける。

「……あなたと血が繋がっていないのだったら、いつか振り返ってもらえる日まで諦めるものではなかったな。純潔など気にもせずに……」

アシュリーは思わず、ステファンを見上げる。

すると彼は頬をほんのり染め、今度こそ背を向けてしまった。

「妹に妙な恋心を抱くような変人は、一人で十分だろう」

アシュリーはそんなステファンを眺めながら、頬を緩めた。

彼にもきっといつか幸福が訪れますように――と。


まだ遠い季節。ひとめぐりした春に会えたら、どんなふうに名を呼び、どんなふうに見つめたらいいのだろう。

そう思うたび、アシュリーの胸は熱くなる。

手を繋いで、高原を歩きたい。洞窟の泉で、水浴びをしたい。一緒に馬にのって、どこまでも駆けていきたい。抱き合って、たくさんの口づけを交わしたい。

たくさんの願望が溢れだす。

けれど今は……たったひとつだけ。

早く、会いたい。

◇◇◇　◇◇◇　◇◇◇

それから一年後――。

アシュリーはイリウム王国からベーゲングラード王国に輿入れするため、ステファンを付添人として、連れられてきていた。

今日、アシュリーはサディアスと婚礼の儀式を交わし、数日中には結婚式が行われる予定だった。

ベーゲングラードの正門をくぐり、宮殿の中央の間で、アシュリーはようやくサディアスと再会を果たすことができた。

会いたくても会えなかった日々……。

やっと傍にいられる。

サディアスの秀麗な額に落ちかかった黒髪は、きらきらと陽に煌めき、光の加減で翡翠色《グリーン》にも見える薄茶色の瞳が柔らかく細められる。

サディアスの美しい容姿、その佇まいは相変わらずだけれど、以前のようにどこか虚ろげな瞳ではない。

アシュリーは思わず駆け寄るが、感極まってしまい、涙で瞳を滲ませた。

「……会いたかった」

大きな瞳を揺るがせて、声を振り絞るアシュリーを、サディアスがふわりと包み込む。

「……アシュリー……僕もだよ。やっと……おまえの顔を見ることができた。どれほど……長い日々だったか」

サディアスの声が震える。今の二人には何も言葉など要らなかった。

ただこうして抱きあうだけで、溢れる想いが宥められていく。

ずっと、ずっと会いたかった――。

アシュリーはサディアスの背にしがみつき、彼から与えられる力強い抱擁に身を任せ、改めて彼への想いを確信していた。

ゆっくりと腕を放され、サディアスの指がアシュリーの目尻を拭う。

サディアスの瞳が熱く求めている。誘われるままアシュリーは顎を少しあげて、彼からの愛の口づけを受け止めた。

そっと瞼を開いて、改めてサディアスを見つめる。

文に綴ってきたこれまでのことを、すべてサディアスに伝えてしまえたら、どれほどいいだろう。彼に見せてしまったら、からかわれてしまうだろうか。

アシュリーが胸を熱くさせている傍ら、

「私は実に複雑な気分だ」

ステファンはゴホンと咳払いをし、サディアスを仰ぎ見た。

「ここで兄の意見として、やはり妹をやるわけにはいかないと拒絶したら、どうされるおつもりで？」

ステファンは皮肉げにそう伝える。

いつかの舞踏会の時の仕返しのつもりなのかもしれない。

「たった一年で兄の顔をされても困りますね。僕はアシュリーが生まれた時から、ずっと愛しい妹を大切に見守ってきたのだから」

「大切に、今後はその意味を履き違えないでいただきたい」

ステファンは尊大に言い放ち、サディアスは余裕の微笑みを浮かべる。

「これからは、もちろん特別な意味で」

二人の間に火花が散る。

「お兄様」

アシュリーの言葉に反応した二人が、同時に揃って振り返るので、なんだかおかしくなる。ステファンはふんと顔を背け、サディアスは目を細めた。

「もうそれも聞き納めだね、僕のいとしい妃」

手の甲を引き寄せられ、中心に歓迎のキスが贈られる。

それから見上げるまもなく、サディアスの胸の中によろけ込んだ。

「一年間——永遠のようだった」

サディアスの声が掠れて、切なく鼓膜に響いた。

アシュリーの瞳には涙が浮かび、サディアスの体温を感じながら、やっと二人になれた喜びで胸がいっぱいだった。

「……これほどまでに身が切られるものだとは……知らなかった。憎しみよりもずっと……重たい感情だ」

サディアスはアシュリーをきつく抱きしめた。

「周りからの恩恵がなければ、一生引き離されるところだった。感謝しなくてはならないね」

「……ええ。本当に」

「そして……おまえが他の男に気をとられぬよう、今度は僕が懸命にならなければならないのだな。どんなふうに愛を囁けばよいだろう」

そっと、肩を引き離される。

サディアスの瞳にはもう、くすんだ色は見えなかった。

澄みきった、生まれたての瞳で、アシュリーを見つめている。

「ありのままの、あなたの言葉で……」

そう、これからは、ありのまま愛を囁こう。

互いの手を取り合って、生きていけるように、努めよう。

あくる日には、誓いの口づけを交わして——。

エピローグ

ベーゲングラードの高原に春の花が咲きこぼれる。

風に吹かれて、ドレスを翻し、湖に足を浸したくなる。

そんな軽やかな気持ちで、今日という特別な日を迎えた。


アシュリーは純白のウエディングドレスに身を包み、厳かな時間を過ごしていた。

夢にまで見ていたことが、現実に起きようとしていた。

それはサディアスの花嫁になるということ……。

あれから国王よりアシュリーの出生について真実を告げることとなった。王族や臣下をはじめ国民全体にしばらく動揺が広がったが、時を経て二人の真実の愛が語られるにつれ、祝福の声があがるようになっていった。

今はもう……何も心配に思うことはない。

礼拝堂の祭壇のところには、純白の盛装に身を包んだ愛おしい人が待っている。

彼はベーゲングラードの王太子……そしてアシュリーは彼の妃になる。

一歩、一歩、歩くたびに、胸が高鳴った。

厳かな式の中、清らかな気持ちで、アシュリーは司祭の言葉に耳を傾けた。

そしてヴェールをあげてもらい、誓いのキスを交わした途端、アシュリーの身体はふわりと宙を浮いた。サディアスが抱き上げたのだ。

アシュリーが抗議するまもなく、柔らかな瞳が愛を告げる。

「……愛してるよ」

「私も……」

長い、長い、誓いのキス。

でも、なかなか唇を離してくれず、アシュリーは思わずサディアスの肩を押してしまった。

「お兄様……」

咎めるように彼を呼ぶと、サディアスはふっと笑った。

「ほら、もう、僕はおまえの兄ではないよ」

「……あ、そうよね。これからは、殿下とお呼びしなくてはならないのね？」

ほんのり照れくさそうにアシュリーが問うと、サディアスはまた懲りもせず、唇を奪った。

国王は微笑み、ウエルトンは呆れ顔で、ステファンは見ていられないといった様子で二人を見守っている。それでも二人の笑顔は、雪解けの水のように清らかで、周りに幸せを伝播《でんぱ》させていくようだった。

「アシュリー、我が愛しい妃よ。おまえは僕の腕の中で、たっぷり束縛されるんだ。これからもずっとね」

にっと微笑んでいる目元が、何か妖しい色を含んでいる。

アシュリーはドキリとして、サディアスを窺った。

「……何か企んだりしていない？」

「もちろん、ね」

サディアスが意味深な視線を流す。

アシュリーが狼狽えていると、サディアスはふっと笑いを零す。

「ただ僕は……ひたすらおまえを、愛するだけだよ」

サディアスはそう言い、アシュリーを目線が合う高さまで抱き上げた。かつて妹だった彼女にそうしてきたサディアスだけれど、今は愛しい妻を愛するように。彼の見つめる眼差しは、今までで一番優しさに満ちていた。

檻から出て、箱庭から飛び立ち、自由を求めて羽ばたいたのち……再び囚われたのは、愛する夫の腕の中――。

これから二人は、本当の幸せと愛を知る家族になれるはずだ。

きっと――。

あとがき

ソーニャ文庫さんでは初めまして。いつもの読者さまもこんにちは！　立花実咲《たちばなみさき》です。

このたびは『執愛の鎖』をご愛読いただきましてありがとうございました！

いつでも本を出すたびにドキドキするものですが、記念すべき著書七冊目はイメチェン（!?）

読者さんの反応がこれほどドキドキする題材はなかったかもしれません。心臓が変な風に脈を打っています。大汗

さてさて、ソーニャ文庫さんの『歪んだ愛は美しい。』というコンセプトにざくりと胸を打たれ、さまざまな歪んだ愛のテーマを投入し、執着、激情、復讐、嫉愛……など、洗脳されてしまいそうなダークワードにどろどろと囲まれ、不思議な世界観にどっぷり浸

かって書かせていただきました！

実はソーニャ文庫さんの出版社イースト・プレスさんでは電子書籍のシュガーLOVE文庫の方で先にお世話になっていたのですが、いつもの私の作風はそれこそシュガー&ハニーが似合うような甘々らぶらぶの明るい印象が多いので、今回びっくり！だった方もたくさんいらっしゃるのでは!?

打ち合わせの時に担当Y様より「立花さんの作品は甘々で可愛らしい感じが多いみたいなので、ソーニャ文庫の作品では印象を変えてみて読者さんを驚かせてみたいです！（イメチェン宣告キリッ☆）」と言っていただけて（注：内容は勝手に要約しましてアバウトであります。スミマセン）私もいつもとかなり違う作風を意識して、仕上げてまいりました。

主人公はヒロインのアシュリーのはずなのですが、これはサディアスの激情物語といっても過言ではなく、アシュリー視点で語られているところでも、常に上からサディアスが仄暗い感じで見下ろしている……というイメージで執筆していました。

割とこれまでも執着しているヒーローは書いているんですよー。腹黒くて策士でいじわるで……言葉攻めで追いつめたりとか。でもここまで歪んだ愛情をもったヒーローは初めてですね。

『歪んだ愛は美しい。』というコンセプトを前に、歪んだ愛が美しいって何だろうなーと考えていたのですが、きっと歪んだ感情の中に真実の愛があるからこそ美しい。って感じるんでしょうね。きっかけは些細なこと。それが憎しみの炎を燃やさせた。けれどアシュリーから寄せられる信頼や彼女の純粋な気持ちを感じるうちに、サディアスは葛藤に苦しみ愛に気づきます。

そういうドラマチックな部分を大切にしながら、ぞくぞくとするようなエロチック、思わずのめりこんでしまうようなラブシーン、等など……読者の皆さんをサディアスの術で深淵に引きずり込んでいけたらいいなぁ等と企んでみましたが、いかがでしたでしょうか。

(まだビクビクしています)

私の拙い文章力では伝えきれない部分を、担当様のアドバイス&イラストレーターさんの絵力で素晴らしい本に仕上げていただきました。本当にKRN《カレン》様のカバーイラストの美しいこと！　二人の息遣いが聴こえてくるのでは!?　と思うほどミステリアス&ダークな世界観が素敵です。さらに挿絵でまた物語をぐぐっと盛り上げてくださり、感無量です。KRN様、素敵なイラストを本当にありがとうございました。そして担当Y様、気さくで細やかな対応をしてくださり、とても気持ちよく執筆&仕上げをすることができました。大変お世話になりました。Y様の追及する『歪んだ愛』には底知れぬ愛があることを改めて感じております。未熟な私にご指導いただきましてありがとうございました！

なんだかまとまりつかないあとがきになってしまいましてスミマセン。初めての作風の本なのでどうだったか反応が知りたいと思っております。ぜひぜひ編集部までファンレターの宛先の方にご感想をいただけると飛び上がるほど嬉しいです。どうぞよろしくお願いします。

そしてまた機会がありましたらまた違った『歪んだ愛』をテーマに描いてみたいです。

それではまた近い日にどこかでお会いできますように！

立花実咲

Sonya
ソーニャ文庫

この本を読んでのご意見・ご感想をお待ちしております。

◆ あて先 ◆

〒101-0051
東京都千代田区神田神保町2-4-7 久月神田ビル7階
㈱イースト・プレス　ソーニャ文庫編集部
立花実咲先生／KRN先生

執愛《しゅうあい》の鎖《くさり》

2013年12月9日　第1刷発行

著　者　立花実咲《たちばなみさき》
イラスト　KRN《カレン》
装　丁　imagejack.inc
DTP　松井和彌
編　集　安本千恵子
営　業　雨宮吉雄、明田陽子
発行人　堅田浩二
発行所　株式会社イースト・プレス
〒101-0051
東京都千代田区神田神保町2-4-7 久月神田ビル8階
TEL 03-5213-4700　　FAX 03-5213-4701
印刷所　中央精版印刷株式会社

ISBN 978-4-7816-9520-4
定価はカバーに表示してあります。

ラルフの姉、
シャーリー視点のSideA

Sonya ソーニャ文庫

監禁

それは甘く脆い、砂糖菓子の檻。

仁賀奈

Illustrator 天野ちぎり

事故で両親を失ったシャーリーの家族は、双子の弟ラルフだけ。
弟への許されない想いを募らせるシャーリーは、次第に淫らな夢をみるようになり——。

シャーリーの弟、
ラルフ視点のSideB

Sonya ソーニャ文庫

今日、僕は義姉の身体を穢すつもりだ。

虜囚

仁賀奈

Illustrator 天野ちぎり

両親を事故で失い、若くして公爵位を継いだラルフ。

純粋で穢れのない心を持つ姉シャーリーに異常な執着心を抱いていた彼は、彼女に恋人ができたことを知り——。

Sonya ソーニャ文庫の本

『償いの調べ』　富樫聖夜

イラスト　うさ銀太郎

Sonya ソーニャ文庫の本

宇奈月香
Illustration
花岡美莉
断罪の微笑
お前の体に聞いてやる。
双子の妹マレイカの身代わりとして反乱軍の将カリーファに捕らわれた王女ライラ。マレイカへ恨みを抱くカリーファは、別人と知らぬままライラに呪詛を施し薄暗い地下室で凌辱し続ける。しかしある日、ライラこそが過去の凄惨な日々を支えてくれた初恋の人だったと知り――。
Sonya

『断罪の微笑』 宇奈月香

イラスト 花岡美莉

Sonya ソーニャ文庫の本

『逃げそこね』　春日部こみと

イラスト　すらだまみ